O POÇO DOS DESEJOS

Edgar J. Hyde

Ciranda Cultural

Dados Internacionais de Catalogação na Publicação (CIP)
(Câmara Brasileira do Livro, SP, Brasil)

Hyde, Edgar J.
O poço dos desejos / Edgar J. Hyde ; [tradução Silvio Antunha]. – Barueri, SP : Ciranda Cultural, 2015. – (Hora do Espanto)

Título original: The wishing well.
ISBN 978-85-380-0846-0

1. Ficção juvenil I. Título. II. Série.

15-02248 CDD-028.5

Índices para catálogo sistemático:

1. Ficção : Literatura juvenil 028.5

Título original: *The wishing well*

Tradução: Silvio Antunha

1ª Edição
www.cirandacultural.com.br

Sumário

Capítulo 1
A Fazenda da Roda d'Água

Tom fitou o horizonte além da janela do quarto de trás da casa. No andar de baixo, ele podia ouvir o falatório da mãe com o pai. Ela parecia feliz e animada. Deixou escapar um grande suspiro. Sua mãe sempre fazia tudo do jeito que queria. Às vezes, era de fato difícil conviver com ela. Aquela era uma dessas vezes. Ele podia ouvir a voz dela, realmente irritante, repercutindo em sua cabeça.

– Agora, Tom – ela disse –, não tente ser difícil, todo mundo tem de mudar às vezes, e se acostumar com regras...

Tom não retrucou. Não era exatamente uma discussão. Além disso, raramente sua mãe deixava espaço para as outras pessoas dizerem o que sentiam.

– ... haverá muitas coisas interessantes para você fazer. Quando eu era garotinha, não tive metade dos brinquedos que você tem. A tia Margaret e eu tínhamos que nos contentar com uma velha caixa de papelão. Sim, eu sei que não acredita em mim, você provavelmente nem pode imaginar isso...

Neste ponto, Tom apagou sua mãe da cabeça. Tinha ouvido esse discurso pelo menos umas mil vezes. Se fosse na época em que ele realmente gostava dela, talvez admirasse o jeito como repetia toda vez aquilo, palavra por palavra, ou a maneira como ela não parecia ter que respirar como o resto da raça humana. Só que a mãe não conseguia entender que Tom não era mais criança. Agora ele estava com 14 anos de idade, e não precisava ser mimado.

O problema era que recentemente eles haviam mudado para uma casa nova. Enquanto o carro chacoalhava ao longo da estrada, Tom se animou com a perspectiva de descobrir lugares para se esconder da mãe. Mas ela acabou com a alegria dele ao anunciar a lista dos lugares que era proibido ir por serem perigosos. Tom achou que a mãe estava sendo boba e superprotetora.

A casa nova era uma grande construção desajeitada, com estranhas coberturas de lona esticadas que seu pai chamava de toldos. Ela ficava no meio de um pátio, onde existia uma placa velha que dizia: *Fazenda da Roda d'Água*. Tom nunca havia morado em uma casa com um nome assim antes. O lugar tinha sido uma fazenda produtiva, mas o antigo proprietário vendeu a maior parte das terras para fazendeiros vizinhos e emigrou para a Austrália. O sonho da mãe era morar lá. Ela cresceu perto dali, de onde sempre gostou, então quando viu o local à venda, bem... Sua mãe sempre dava um jeito.

Ele podia ouvi-la tagarelando na cozinha. Escorregou da cadeira e desceu a escada de dois em dois degraus. Abriu a porta da frente e olhou lá fora. Na frente da casa, do lado oposto, havia um grande celeiro, de onde vinha a chiadeira de um velho cata-vento enferrujado que ficava no topo, girando ao sabor do vento. Tom fechou a porta cuidadosamente atrás de si, e escapuliu.

Capítulo 2

O Segredo de Tom

O que sobrou do velho pátio rodeava a casa e levava a uma alameda. A maior parte do caminho havia desaparecido há muito tempo, mas se realmente a pessoa prestasse bastante atenção, ainda conseguia rastreá-lo algum tempo, antes que desaparecesse totalmente. Tom investigava esse caminho há tempos, para descobrir exatamente onde ele terminava.

Havia conseguido segui-lo até uma linha de árvores, mas depois o perdera. Naquele dia, encontrou mais um trecho. Uma grande pedra obstruía o caminho. Ele puxou com força, mas não conseguiu removê-la. Procurou ao redor e viu um grande galho caído de uma árvore. Arrastou-o até o pedregulho e com o salto da bota escavou um pequeno sulco para encaixar o galho. À primeira vista, não achou que a pedra se moveria, mas com um forte empurrão, ele a rolou para a frente, revelando uma grande placa do caminho.

Tom afastou para longe o capim que cobria o caminho e retomou a trilha. O caminho serpenteava pela pequena floresta. As árvores pairavam acima dele, fazendo-o sentir-se pequeno. O sol raiava no meio das grandes árvores.

Tom achou que era exatamente igual a quando ficava em seu quarto à noite lendo com uma lanterna debaixo dos cobertores. Os grandes galhos protegiam o brilho do sol mais forte, permitindo que ele entrasse apenas pelos espaços.

De repente, a distância, ele viu uma forma estranha. Era perfeitamente redonda e possuía um pequeno teto brilhante. À primeira vista, pensou que fosse uma casinha de brinquedo. Conforme se aproximou, percebeu que era um poço. Ele se destacava no terreno do jeito mais peculiar. Era um lugar estranho para existir um poço, tão longe da casa. Mesmo estranho, não parecia tão antigo quanto o resto das construções. Parecia até que havia sido construído na véspera. Uma brilhante manivela nova em forma de L se destacava na lateral. Tom seguiu a forma da manivela conforme esta se prolongava através do grande buraco escancarado. No meio da barra havia uma corda grossa, firmemente amarrada a um grande balde. Ele se inclinou na lateral para olhar lá dentro. O buraco se avultava debaixo dele e parecia seguir vários metros adiante. Ele berrou.

– Ei!

A voz dele voltou e parecia fraca e boba. Ele deu umas risadinhas para o espaço: – Rá, rá, rá!

De novo, o eco retornou como uma voz frágil. Ele decidiu baixar o balde no poço. Colocou ambas as mãos na manivela e usou toda a força para virá-la. Mas nem precisava ter se esforçado, pois a manivela se moveu facilmente, e a força que Tom fez para empurrá-la, enviou o balde guinchando pela haste, batendo com estardalhaço nas laterais de pedra. Por fim, veio um forte esguicho quando o balde bateu na água. A manivela sacudiu com a parada. Ele precisou de toda força para puxar o balde para cima, pois estava cheio de água e ficou muito pesado. Quando chegou, bebeu alguns goles dela, que estava gelada e refrescante.

Tom olhou em volta e viu outra pedra. Arrastou-a para o poço. Usando toda força, ergueu a pedra na lateral do poço e a jogou para dentro. Começou a perambular ao redor procurando pedras para jogar no poço. Cada vez que arremessava algo, escutava com cuidado para ver quanto demorava antes de cair na água. Começou a calcular o tempo, contando os segundos para saber se conseguia adivinhar a profundidade. Depois de algum tempo, tudo o que podia encontrar ia para o poço: a parte de metal de uma velha enxada enferrujada, um sapato velho, uma lata de suco de frutas...

– TOMMM!!!

Tom esqueceu de tudo, de sua mãe, de seu pai, de tudo mesmo. Ele virou-se rapidamente e começou a voltar correndo pelo caminho. Aquele seria o lugar especial dele e não queria que ninguém soubesse onde ficava. Alcançou a beira das árvores exatamente na hora que a mãe soltou outro "TOM!" agudo. Correu ao longo do caminho a tempo de encontrá-la andando por toda parte em volta da casa.

– Onde você foi, Tom? Estava começando a me preocupar! Olha o seu estado, meu Deus, o seu jantar está esfriando, agora entre depressa e tire essas roupas, elas estão cheias de...

Tom resmungou em direção à mãe e rapidamente correu para casa sorrindo. Seu segredo estava salvo.

Capítulo 3
A Nova Escola

Era segunda-feira. Não uma segunda-feira qualquer, mas a mais horrorosa segunda-feira do mundo. Seria o primeiro dia de Tom na nova escola. Ele se sentia desconfortável dentro das roupas novas que a mãe insistia que vestisse. Arregalou os olhos para fora da janela e o mundo arregalou os olhos de volta. Mas, afinal, qual o problema com a escola? Sabia que não seria como a escola antiga, e sabia que jamais encontraria ninguém como seus velhos amigos.

O pai o chamou no andar de cima para dizer que era tempo de ir, e Tom arrastou a mochila pelo chão em direção à porta do quarto. Ele fez o possível para que a mochila pipocasse em cada degrau ao descer a escada, e deu um enorme suspiro quando chegou embaixo.

– Vamos, Tom, ânimo! – disse o pai. – Não é o fim do mundo...

O pai não entendia, ninguém entendia.

O percurso até a escola secundária local não era suficientemente longo, pensou Tom. Ficava em uma cidade próxima chamada Rosehill. Escola Rosehill soava como o nome de um lugar bacana, mas o local não parecia muito agradável. Em pouco tempo, ele estava em um corredor da grande escola barulhenta. Por toda parte, crianças apressadas gritavam nomes e empurravam-se umas às outras. O sinal tocou alto e o caos na frente dele se multiplicou. Houve uma correria de alunos rumo às classes, todos gritando que haviam visto uns aos outros no recreio. Tom sentia-se sozinho.

O pai o apresentou ao diretor, deu um sorriso e depois foi embora. O diretor pediu a Tom que o acompanhasse escada acima até uma grande sala de aula. A classe ficou em silêncio quando o diretor entrou. Tom sentiu seu rosto corar quando todo mundo olhou para ele. O diretor apresentou-o à professora e foi embora.

– Atenção todo mundo, este é Tom Walker, ele é novo na escola e eu quero que vocês lhe deem as boas-vindas. Sente-se aqui Tom. Vou pegar um horário para você.

Tom permaneceu com o rosto vermelho. Ele não se atrevia a olhar em volta, pois sabia que todo mundo estava de olho nele. Sentia-se como um alienígena.

– Harry, eu quero que você acompanhe o Tom por toda parte na primeira semana até ele se acostumar.

Um garoto alto, com cabelo escuro encaracolado, vestido com o uniforme da escola, levantou-se.

– Bem, professora, por que eu?

A professora olhou significativamente para ele e Harry sentou-se.

A manhã parecia interminável quando Harry, relutante, arrastou Tom com ele por toda parte. Quase não conversaram e Tom sentia-se infeliz. Na hora do recreio foi pior, já que Harry abandonou Tom em um grande saguão repleto de adolescentes alvoroçados, com rostos ansiosos, que tentavam se encontrar com os amigos, falando, rindo e gritando o mais alto que podiam. Tom decidiu não lanchar e saiu para o pátio do recreio.

Alguns garotos jogavam futebol em um canto. Nem repararam nele. Tom perambulou por ali, procurando alguma coisa, qualquer coisa para se sentir melhor. Caminhou ao redor e viu um grupo de rapazes rindo, debruçados sobre algo.

Tom foi ver o que eles estavam fazendo. Um dos rapazes tinha um pedaço de pau e cutucava algo. Os outros pareciam incentivá-lo. Tudo o que Tom podia ver era o topo de um balde. Em seguida ele ouviu o ruído mais horrível: o grito estridente vindo de um animal. Alguma coisa nele fez com que começasse a correr em direção ao bando. Sentia-se assustado, mas sabia que precisava continuar correndo. O instinto de Tom estava certo, pois no meio do grupo havia um esquilo, preso no balde enquanto que os rapazes zombavam cruelmente dele.

Tom pulou em cima do garoto com o pedaço de pau e deu-lhe um soco no olho. O garoto cambaleou para trás derrubando o balde e o esquilo correu para cima da árvore mais próxima. Todos pararam atônitos e olharam direto para Tom. O garoto em quem ele bateu levantou-se e disse:

– Vai se arrepender disso.

Tom manteve firme sua posição, mas sentiu-se estranhamente sozinho: ninguém se mexeu. Os rapazes começaram a se aproximar dele, até que finalmente o rodearam. O garoto que falou começou a empurrá-lo. Os outros logo se juntaram a ele e Tom foi empurrado ao chão, colidindo com o balde virado. Ouviu a jaqueta rasgar. A voz de um homem ecoou no pátio do recreio:

– O que está acontecendo?

Os rapazes se afastaram enquanto Tom arrastava-se a seus pés.

– Não fiz uma pergunta, Steve?

Steve era o garoto que tinha torturado o esquilo.

– Não foi nada senhor. Estávamos disputando um jogo e ele tropeçou no balde.

O professor olhou em volta nos rostos do grupo. Não reconheceu o rosto de Tom e disse:

– Você deve ser novo aqui, não é verdade?

Tom olhou para o chão e acenou com a cabeça, confirmando.

Nesse momento o sinal tocou. O professor olhou desconfiado para todo mundo.

– Bem – ele disse –, vão para as suas classes.

Observou a caminhada de volta de todos em direção ao prédio. Quando eles entraram, Steve olhou para Tom e rosnou a palavra *depois*.

Capítulo 4

O Poço Responde

Quando o sinal marcou o fim do primeiro dia na escola, Tom teve uma incrível sensação de alívio. Todos os alunos correram para fora das salas de aula e se dirigiram para os portões da escola. Tom foi um dos últimos a sair do prédio. Não havia feito amigos e o incidente com o esquilo o convencera de que ele definitivamente não gostaria daquela escola. Achou que poderia colocar a jaqueta na mochila para que a mãe não percebesse o rasgo. Viu a multidão de rapazes nos portões da escola e começou a se sentir nervoso. Esperava que não fossem os mesmos meninos da hora do recreio, mas quando ele se aproximou, eles disseram:

– Aí vem ele!

Todos os rapazes se viraram para enfrentá-lo, e barraram o caminho para os portões. Nesse momento, um carro encostou e Tom viu o pai chegar. O pai acenou e Tom acenou de volta. A turma olhou surpresa, pensaram que Tom acenava para eles. O pai falou:

– Oi, Tom, como foi o seu primeiro dia?

Os rapazes se intimidaram e abriram passagem para Tom. O pai voltou para o carro e quando Tom deu a volta para entrar no banco do passageiro, ouviu os rapazes rindo. Sabia que estavam rindo dele, mas ignorou-os e entrou no carro.

O pai repetiu a pergunta, e Tom disse que estava *tudo bem*.

– Apenas *tudo bem*? Não fez novos amigos?

Tom respondeu que *não*, e o pai achou que era o nervosismo do primeiro dia e que provavelmente ele conseguiria conhecer novos amigos no dia seguinte. Tom arregalou os olhos para fora da janela quando o carro se dirigiu para casa. A última observação do pai o fez sentir-se mal e ele temeu pensar em outro dia na escola.

Quando chegaram em casa, Tom perguntou se poderia sair. A mãe avisou que o jantar não demoraria, mas que ele podia dar uma volta. Tom trocou a roupa da escola, desceu a escadaria, saiu pela porta da frente, e foi direto para o poço. Quando lá chegou, inclinou-se na beirada e começou a gritar. O berro ecoou de volta e quase o assustou. Tom pensou: "Odeio esses moleques, odeio esses moleques". Ele então disse em voz alta para o poço:

– Odeio esses moleques!

O poço berrou direto de volta para ele. Tom riu. Era como se o poço também odiasse aqueles moleques.

– Molecada tonta, moleques toscos! – ele berrou.

O poço concordou com ele.

– Torturando um pequeno esquilo, os valentões.

O poço concordou com ele novamente.

Tom se esgotou, gritando exatamente tudo o que pensava dos rapazes para o poço. Sentou-se e se inclinou contra o muro de pedra, e pensou no dia seguinte, quando teria que voltar à escola. Ele imediatamente levantou-se e berrou mais uma vez para o poço.

– Tosca, escola tosca...

O poço ecoou a observação de volta, como um amigo íntimo que concorda com tudo o que você pensa. Tom pensou na mãe e no pai levando-o àquele lugar e berrou para o poço:

– Pais toscos!

A palavra pais pareceu ressoar por longo tempo antes de sumir.

– TOMMM!

A voz da mãe retiniu em alto e bom som, como se respondesse ao eco do poço. Tom se levantou e correu para casa.

Abriu a porta da cozinha a tempo de ver a mãe colocando a refeição na mesa.

Hora do Espanto

A cozinha estava quente e os pais ocupados com as rotinas habituais quando Tom fechou a porta atrás de si e sentou-se com eles.

Capítulo 5
O Segundo Dia na Escola

Quando a mãe foi dizer a Tom que era hora de levantar na manhã seguinte, Tom gemeu e com voz fraca disse:

– Mãe, eu não me sinto bem, acho que estou com dor de garganta.

Ela olhou para Tom como quem sabia das coisas, como quem havia estado lá, visto e feito aquilo. Ela ergueu a sobrancelha, como sempre fazia quando estava desconfiada de que algo errado estava acontecendo. Tom insistiu.

– É verdade, mãe. Acho que estou com febre, eu sinto um suor frio.

A mãe caminhou pelo quarto e colocou a mão na testa dele.

– Para mim você não parece muito quente – ela disse. Tom olhou para ela suplicante. Às vezes, aquilo funcionava. A mãe sentou-se na beira da cama e olhou no rosto de Tom: – Tom, você tem algo para me dizer? É essa sua nova escola?

Tom não esperava que a mãe perguntasse isso, e hesitou antes de responder. Devia contar sobre o esquilo? Mas não seria pior? Ela talvez quisesse ir até a escola, e se achasse que ele estava sendo ameaçado, poderia ainda começar a buscá-lo todos os dias, o que seria realmente embaraçoso. Tom decidiu ter uma recuperação surpreendente...

– Na verdade, mãe, eu não me sinto tão mal assim. Acho que vai ficar tudo bem.

A mãe levantou a sobrancelha novamente. Tom sorriu para ela, nervoso, pulou fora da cama, e se dirigiu ao banheiro.

– Tom – disse a mãe –, se existe alguma coisa incomodando você, sabe que pode falar para mim, não é?

Tom pensou: "Eu e minha boca grande, agora tenho que tirá-la da jogada".

– Mãe, pare com isso! – suspirou, quando bateu a porta do banheiro.

Ouviu-a descendo a escada, e respirou fundo, aliviado: – Ufa, passou raspando...

Durante o café, a mãe continuou olhando esquisito para ele, do jeito que as mães fazem quando estão preocupadas e acham que o filho não pode ficar sem a proteção delas. Tom estava aborrecido consigo mesmo.

Ele tentou se tornar quase invisível para não atrair mais qualquer atenção para si mesmo além do necessário e quase atropelou o pai quando ele sugeriu que era tempo deles irem.

– Mas que diabos está errado com esse garoto? – ouviu o pai comentar com a mãe.

– Adolescência, querido – ela respondeu, com uma certa voz cansada. Eles se entreolharam, e o pai entrou no carro. Tom detestava aquele olhar mútuo. Era algo que os adultos sempre faziam para excluir os adolescentes. Tom decidiu não mencionar mais nada para a mãe ou o pai, para evitar novos olhares expressivos.

O sinal tocou assim que o carro parou nos portões. Tom sentiu seu coração afundar, e começou a sair do carro lentamente. O pai pediu para ele se apressar, pois estava se atrasando para o trabalho, e então lembrou a Tom que ele deveria começar a voltar de ônibus para casa, se Tom lembrava onde ficava o ponto do ônibus, qual era o número do ônibus, e se Tom tinha dinheiro suficiente! Tom ficou muito irritado e respondeu a todas as questões do pai antes de cair fora do carro mal-humorado.

As aulas da manhã eram realmente chatas. Tom teve duas de Química de manhã, e passou a maior parte do tempo olhando para fora da janela. Quando estava achando que as coisas não poderiam piorar, o horário mostrou que ele teria aula de Educação Física. Tom não havia levado o material esportivo. Houve um intervalo de 10 minutos antes de a aula começar e Tom sentou-se em um banquinho do lado de fora. Onde ele olhava havia adolescentes falando e rindo. Tom tentou escutar a conversa de duas meninas que pararam perto. Falavam a respeito da mais recente música nas paradas e do quanto elas gostavam dela. Tom resmungou dentro de si, pois detestava aquele tipo de música. Uma voz atrás dele o fez virar-se.

– Você é o novo garoto, não é mesmo?

Um garoto alto, que parecia ter a mesma idade de Tom parou diante dele. Tom o havia visto na aula no dia anterior.

– Meu nome é David.

Tom cumprimentou e disse seu nome. David perguntou de onde Tom era e onde morava agora.

– Na Fazenda da Roda d'Água.

Quando Tom disse o nome da fazenda, David olhou para ele com olhos arregalados.

– Tom, essa fazenda é realmente interessante! Dizem que existe uma floresta mal-assombrada por lá.

Nesse momento o sinal tocou e David disse que veria Tom mais tarde. Tom ficou animado com as novidades, algo para pesquisar quando fosse embora. A animação o fez esquecer que agora ele seguia para a aula de Educação Física. Rapidamente, ele correu para o saguão e empurrou a grande porta giratória que levava à quadra. Muitos jovens corriam para o final do corredor, onde Tom podia ver professores vestindo abrigos com apitos em volta do pescoço, acenando para eles entrarem.

– Meninos à direita, meninas à esquerda – berrava um professor bigodudo. Eles iam para os vestiários. Uma mulher, pequena e gorducha, com apito no pescoço acenou para Tom. Apresentou-se como a senhorita Emslie, e Tom explicou que estava sem o material.

– Fácil de resolver – ela respondeu com uma voz rude e levou Tom até uma pequena sala que ficava por perto.

Debruçou-se sobre uma grande caixa e começou a remexer lá dentro. Quando se levantou, ela trouxe um shorts antigo, uma camiseta lavada, e um velho par de tênis. Entregou-os ao garoto e o encaminhou ao vestiário.

A sala estava cheia de rapazes de todas as formas e tamanhos, contorcendo-se nas roupas e subindo em equipamentos esportivos. Tom sentiu o rubor do rosto quando encontrou um canto sossegado para se trocar. Apareceu um professor de bigode avisando para os rapazes se apressarem e voltarem ao saguão para que ele pudesse fazer a chamada.

Quando Tom saiu, todos os rapazes estavam parados em uma longa fila indiana enquanto o professor chamava seus nomes.

– Steve Simpson.

– Aqui, professor.

Tom levantou os olhos para ver o garoto que havia torturado o esquilo.

– George Foster.

Tom reconheceu o outro garoto do incidente.

– Billy Watson.

Tom sentia-se desconfortável. Os rapazes não tinham reparado nele até que Emslie apontou-o para o professor de bigode que anotou o nome dele.

Uma gargalhada percorreu o grupo assim que viram as roupas que ele vestia. O professor rapidamente explicou que naquele dia eles jogariam basquete e dividiu os rapazes em dois grupos antes de posicioná-los na quadra.

Tom devia ficar perto de George Foster, grudado nele feito sombra, no garrafão. O professor de bigode soprou o apito e o jogo começou. Os rapazes entusiasmados chamavam-se uns aos outros conforme a bola era passada de uma ponta à outra da quadra. Um garoto saía correndo com a bola, depois outro tentava pegá-la, e eles corriam em outra direção.

– Steve, para mim, para mim!

Um garoto baixinho, mas rápido, acenava freneticamente para Steve, que arremessou a bola em sua direção.

Outro garoto da equipe de Tom conseguiu alcançar a bola antes do garoto baixo e rapidamente começou a *costurar* o caminho em direção a Tom.

George Foster arremeteu na frente de Tom e bloqueou a visão dele. Tom virou bruscamente a tempo de ver a bola voando rumo a ele. Achou que podia alcançá-la e pulou no ar para pegá-la. De repente, sentiu os pés perderem apoio embaixo dele e se estatelou no chão. O apito soou e o professor de bigode berrou:

– Steve, o que está fazendo nessa ponta da quadra? Vá imediatamente para o outro lado.

Tom levantou os olhos para ver Steve rindo dele conforme caminhava para a ponta da quadra. O apito soou e o jogo recomeçou.

A bola saltou e voou em todas as direções na medida em que os rapazes tentavam driblar uns aos outros. Um garoto bateu o rosto em cheio quando tentou pegar a bola. Em seguida, veio novamente a oportunidade de Tom. A bola foi lançada acima da quadra em sua direção. Ele conseguiu se esquivar de George Foster e pegou a bola com firmeza nos braços. Tom começou a correr pela quadra em direção à cesta. Mirou o alvo com firmeza e com um salto arremessou a bola no ar em direção à cesta. Um dos rapazes mais altos da outra equipe tentou interromper a trajetória, mas a bola bateu forte na tabela antes de cair escancarada na cesta. Os rapazes da equipe de Tom comemoraram ruidosamente. Tom sorriu olhando seus companheiros de equipe em volta, e observando a careta de Steve. O professor soprou o apito e disse aos rapazes que era tempo de ir para o chuveiro e trocar de roupa.

A conversa no vestiário corria solta e os rapazes falavam alto, felizes uns com os outros. Agora todos estavam interessados em Tom e queriam saber de onde ele era e onde morava. Tom respondeu às perguntas e descobriu algumas coisas a respeito deles. O sinal tocou e todos começaram a deixar a sala rumo à próxima aula. Tom virou para trás na porta da sala do vestiário para verificar se não tinha esquecido nada. Steve e seus camaradas estavam reunidos, olhando de cara amarrada para ele. Tom girou e caminhou rumo à algazarra de jovens diante dele.

Capítulo 6

Tom Escapa

O resto do dia correu bem e, quando o sinal tocou no fim do dia, Tom sentia-se muito mais feliz. Ele havia conseguido evitar Steve e seus amigos, e assim esquecera tudo a respeito deles. Ficou por um momento nos portões da escola para verificar em qual direção deveria seguir e depois começou a andar para o ponto de ônibus. O caminho para o ponto de ônibus seguia o traçado de um velho canal, em cujo final ele devia atravessar uma ponte que o levaria aos limites da cidade.

Tom caminhou distraído, assobiando. Logo à frente podia ver que algumas árvores haviam caído no caminho e um grande tronco bloqueava a passagem. O tronco parecia bastante fácil de escalar e Tom prendeu a mochila nas costas quando começou a subir. Na metade do caminho, seu colete enganchou em um galho quebrado que saía do tronco. Tom tentou puxar o colete mas a lã rapidamente enroscou. Só então Tom sentiu algo bater nele forte atrás da orelha.

O golpe doeu e Tom levantou a mão atrás da cabeça para sentir o corte. Quando a mão voltou, estava coberta de sangue. Tom olhou em volta, mas não viu ninguém. Puxou com força o colete para tentar soltá-lo, mas ele estava enroscado na árvore. Outro projétil bateu com força no meio da testa dele. Tom ouviu risadas. Em seguida, uma voz zombeteira caçoou:

– Você não passa de um caipira idiota.

Tom reconheceu imediatamente a voz de Steve e começou a puxar freneticamente o colete, que rasgou. Tom pulou para o outro lado do tronco, bem na hora que outra pedra passou zunindo pelo seu ouvido.

Tom começou a correr quando os rapazes foram atrás dele. Bem à frente, podia ver a ponte que precisava atravessar. Os rapazes o perseguiram pelo caminho do canal, gritando nomes horríveis e atirando pedras nele. Tom correu pela ponte, assustado com corte atrás da orelha. Assim que atravessou a ponte, ele pôde ver o ponto de ônibus no topo da estrada.

Havia uma fila de cerca de cinco adultos no ponto de ônibus, e a distância ele viu o ônibus virando a esquina e se dirigindo para o ponto. Os rapazes ainda estavam correndo atrás dele. A face de Tom começou a doer conforme ele corria para a estrada. O ferimento o estava retardando. O ônibus havia parado no ponto, e as pessoas estavam subindo. Tom correu o mais rápido possível. O último passageiro estava subindo no ônibus e Tom sentiu seu coração fraquejar quando percebeu que iria perdê-lo.

A sacola de compras da última passageira estourou e ela precisou apanhar as mercadorias.

– Sim! – pensou Tom. – Eu vou conseguir.

Outra mulher e uma garotinha em um carrinho de bebê de repente apareceram na frente dele e Tom perdeu o equilíbrio. Ele conseguiu evitar o tropeção, mas chegou ao ponto quando o ônibus já acelerava o motor e começava a se afastar.

– Pare! Espere por mim... – Tom berrou.

O motorista viu Tom pelo espelho na lateral do ônibus e reduziu a velocidade com o guincho de uma freada brusca. As velhas portas se abriram rangendo e Tom pulou para dentro. Cambaleou dentro do ônibus, a tempo de ver os perseguidores alcançarem o ponto e olharem com raiva, esbaforidos, para a vítima que escapulia. Tom caiu no assento e tentou recuperar a respiração.

Quando chegou em casa, correu escada acima direto para o banheiro, de modo a evitar a mãe. Tom olhou-se no espelho e viu o que suspeitava. Um galo do tamanho de um ovo estava se formando no meio de sua testa. Encheu a pia com água e colocou uma compressa na cabeça. Depois, tentou limpar o corte na orelha do melhor jeito possível. Tom secou o rosto com a toalha pendurada do suporte ao lado da pia e olhou para o espelho novamente. O galo estava ficando roxo.

Desceu ao andar de baixo para enfrentar a mãe. Quando empurrou a porta da cozinha para entrar, reparou que o local estava vazio. No meio da mesa da cozinha, encostado em uma embalagem vazia de leite, havia um bilhete. A mãe tinha saído para ir ao supermercado, mas voltaria logo. Tom decidiu caminhar até o poço para passar a dor de cabeça.

Quando chegou ao poço, Tom se inclinou na borda e arregalou os olhos para o buraco. Muito lenta e deliberadamente, ele falou assim:

– Odeio Steve Simpson, gostaria que ele aprendesse uma lição.

A voz dele tinha saído tão baixa que o poço apenas ressoou de volta o que ele havia dito. Tom descansou a cabeça nas mãos e suspirou.

Capítulo 7

Um Acontecimento Estranho

Steve Simpson morava em uma pequena casa em Rosewell. Ele tinha dois irmãos muito mais velhos com os quais não se dava bem. A mãe era uma mulher brava. O pai era um homem grande de aparência sinistra, que passava a maior parte do tempo longe de casa para evitar discutir com a esposa. Sempre que Steve ia para casa, arrumava encrenca. Ou com os irmãos que o acusavam de mexer nas coisas deles ou com a mãe que estava sempre reclamando a respeito do estado do quarto dele, ou com o pai que achava que os adolescentes eram para ser vistos e não ouvidos.

Depois de perseguir Tom até a estrada, Steve e seus amigos foram embora. A correria deixara Steve suado, então ele foi para casa se lavar. Ele trancou a porta do banheiro atrás de si, e colocou a tampa na pia. Ligou as torneiras de água quente e fria, e começou a lavar o rosto e as mãos. O sabão entrou nos olhos, que começaram a arder. Steve girou o rosto para cima e espichou os braços para pegar a toalha que estava pendurada por perto. Mas não havia toalha ali. Piscou os olhos e viu uma toalha suja jogada no chão do banheiro.

Ajoelhou-se no chão e esfregou a toalha no rosto. Exatamente nesse instante uma gota de água pingou na sua nuca. A água ainda estava correndo na pia. Steve levantou-se a tempo de ver a água transbordando para o chão. Virou a torneira, mas ela não se moveu. Tentou enrolar a toalha suja em volta para ter mais força, mas nem assim ela se mexia. Steve puxou a tampa, mas só veio a corrente. A tampa ficou emperrada no ralo.

Procurou por toda parte algo para ajudá-lo. Não encontrou nada. Em seguida, teve uma ideia. Se ligasse a banheira, retiraria algum fluxo da pia. Inclinou-se sobre a banheira e ligou a água quente e fria. A água jorrou na banheira vazia, mas a pia continuava na mesma. Steve olhou para a banheira que agora começava a encher. O ralo parecia estar bloqueado.

Tentou desligar a água da banheira, mas o fluxo continuou. Ele estava começando a entrar em pânico. Seus tênis começaram a atolar no tapete conforme o chão ficava encharcado. A banheira começou a derramar água pelas bordas. Steve se abaixou e tentou absorver a água com uma toalha e espremê-la no vaso sanitário. A toalha rapidamente ficou ensopada e aquilo fazia pouca diferença. Foi então que Steve ouviu uma gritaria no andar de baixo.

– ESTÁ CAINDO ÁGUA DO TETO!

O coração de Steve começou a bater rápido quando escutou a mãe correndo escada acima.

– STEVE, ABRA JÁ ESSA PORTA, MOCINHO!

A mãe não parecia estar preparada para ser razoável. Steve abriu a porta e arregalou os olhos diante do rosto de sua mãe, vermelho de tanto gritar, e que revelava duas grandes narinas que bufavam. A mãe queria socá-lo, e ele se esquivou.

– Mãe, é a água, não consigo desligar! – lamentou Steve, em prantos. Os chinelos fofos da mãe agora chapinhavam no chão encharcado do banheiro. Ela se inclinou sobre a pia e fechou a água com facilidade. Steve se esgueirou mais para perto da porta aberta do banheiro. A mãe se inclinou sobre a banheira e repetiu o que havia feito na pia. Ela virou-se e olhou zangada para Steve. Rangendo os dentes ela disse:

– Você vai limpar toda essa bagunça. Agora!

Com essa ordem, ela se retirou do banheiro, levando junto uma pequena onda de água com ela. Steve ficou parado, contemplando boquiaberto e de olhos arregalados a incrível bagunça.

Capítulo 8

A Guerra de Farinha

A mãe não parava de falar a respeito do galo na testa de Tom. Ele contou que havia tropeçado e caído, e agora ela fazia um longo discurso a respeito da falta de bom senso de Tom e de como ele nunca prestava atenção suficiente onde colocava seus enormes pés. Eles estavam sentados para tomar o café da manhã e Tom não dizia nada. Apenas imaginava maneiras de fazê-la parar de falar. Só isso tornava a palestra suportável. Pensou em suas meias fedorentas enfiadas na boca dela e seu rosto estampou um sorriso.

– Não tem graça nenhuma, Tom – ela ralhou. – Algum dia você terá um acidente grave, se não tomar cuidado.

Tom acenou com a cabeça concordando. Sabia que era melhor fazer isso do que interrompê-la quando ela estava nesse estado de espírito. O pai anunciou que era hora de partirem e Tom pulou fora, derramando metade da tigela de cereais. A sobrancelha da mãe disparou no ar. Ela exibia no rosto aquele olhar vitorioso que dizia: "Vamos ver, o que foi mesmo que eu disse a você?" Tom fez uma tentativa de limpar a bagunça, mas a mãe enxotou-o para fora da cozinha e ela própria fez isso.

Ele pensou que seria um percurso agradável até a escola, mas o pai continuou de onde a mãe havia parado. Ficou aliviado ao ver a escola surgir à frente. O pai freou com força para Tom sair do carro e correr em direção aos portões da escola.

O primeiro horário era aula de Culinária. Os alunos formavam pares e cada par tinha seu próprio fogão. Tom tinha sido colocado junto com David, o garoto que ele havia encontrado no pátio do recreio. Billy Watson e George Foster estavam no fogão seguinte. Uma mulher grande e animada, com bochechas rosadas, chamada de senhora Johnston era a professora dessa aula. Ela parecia o tipo de pessoa que passava um bocado de tempo assando, e muito provavelmente comendo, bolos.

A professora disse que eles fariam um molho de queijo. Ela forneceu os ingredientes: manteiga, farinha, leite e queijo, e começou a mostrar para a classe o que eles deveriam fazer. Depois que ela misturou todos os ingredientes, pediu aos alunos que tentassem fazer o que tinham visto. A senhora Johnston perambulou pela sala para verificar se todo mundo estava fazendo isso adequadamente. Quando ficou de costas, Billy Watson pegou uma colher grande, encheu-a com farinha e arremessou-a em direção a Tom. Isso foi parar na mesa na frente dele. Tom virou-se para conferir se a professora não estava olhando e fez o mesmo de volta para Billy.

Não demorou muito e a professora virou-se e testemunhou a guerra de farinha que havia tomado conta do canto da sala.

– Meninos, parem com isso! – ela ordenou. O chão estava um lixo. Havia farinha no cabelo e nas roupas de todo mundo. Farinha sobre os fogões e sobre as mesas. A professora avançou zangada em direção aos quatro rapazes.

– Quem começou isso? – indagou a professora.

Ninguém respondeu. Os rapazes disfarçaram olhando para o chão.

– Vocês vão limpar tudo isso, e depois da aula venham me ver!

Tom olhou para David, que encolheu os ombros. Todos seriam punidos, a menos que alguém confessasse. Mas, de repente, Billy Watson disse:

– Foi o Tom, senhora Johnston, ele começou com isso.

Tom não disse nada e continuou a olhar para o chão.

– Certo! – disse a professora. – Tom, eu quero ver você no intervalo.

Os rapazes passaram o resto da aula limpando a confusão e se retiraram da maneira mais discreta possível quando o sinal tocou. No intervalo, Tom voltou para ver a senhora Johnston, que fez uma palestra sobre os padrões que ela esperava da aula, antes de lhe passar uma centena de linhas sobre a segurança na aula de Culinária.

Tom enfiou o castigo no fundo da mochila e fechou a cara. Quando caminhava para a aula seguinte, passou pelos banheiros e ficou surpreso de ver água vazando. A porta estava ligeiramente entreaberta e Tom viu Steve Simpson mexendo freneticamente nas torneiras.

Nesse momento, o inspetor chegou descendo pelo corredor. Empurrou Tom de lado e correu para o sanitário. Fechou a água e agarrou Steve. Tom encostou-se à parede e assistiu ao inspetor berrar para Steve Simpson que eles iriam falar com o diretor. Steve choramingou.

– Mas eu não conseguia fechar a torneira!

Tom riu. Os outros dois fizeram um espetáculo cômico ao seguirem para a diretoria. A centena de linhas não parecia tão ruim agora que ele havia presenciado aquilo.

Depois da escola, Tom evitou ir para casa e foi direto para o poço, para escrever sobre a segurança na aula de Culinária. Sabia que arranjaria encrenca se a mãe o pegasse fazendo aquilo. Sentou-se ao lado do poço e, obediente, escreveu o castigo. Depois de 50 linhas a mão começou a ficar dolorida.

Tom parou o que estava fazendo e se inclinou sobre o poço. Por um momento, pensou em Billy Watson e então colocou o queixo na beira do poço e disse:

– Billy Watson é um grande porco, eu desejo acertar as contas com ele.

Olhou no fundo do poço escuro, pensou em Steve Simpson e riu.

Capítulo 9

Um Incidente Desagradável

O jardim do senhor Watson era seu orgulho e sua alegria. Ele havia apresentado suas rosas e seus legumes premiados na exposição da aldeia de Rosewell nos últimos sete anos, e os troféus que ganhou ocupavam o lugar de honra na sala de estar dele. Foi só quando Billy alcançou a importante idade de 12 anos que seu pai permitiu que ele ganhasse algum dinheiro extra, ajudando no jardim.

Billy era responsável por várias tarefas. Capinava cuidadosamente os canteiros de flores, regava a estufa (e quando era realmente cuidadoso também regava o jardim), e recolhia o entulho jogado por transeuntes descuidados. Se conseguisse fazer essas tarefas sem danificar nada apreciado pelo pai, então ganhava um dinheiro extra. Nos últimos dois anos, teve apenas um acidente realmente importante, quando arrancou uma das melhores rosas do pai um dia antes da exposição anual. A reação do pai fez Billy se tornar muito, mas muito cuidadoso mesmo no futuro.

Aquele dia não era exceção. Billy pulou da cama e escorregou na calça jeans. Não havia chovido nos últimos dois dias e o pai havia mencionado para ele na noite anterior que suas preciosas rosas precisavam ser regadas. Então Billy deixou as velhas botas de borracha de cano alto no armário do andar de baixo de prontidão para a fantástica irrigação.

A velha mangueira estava ligada na torneira que ficava na parede ao lado da cozinha e Billy verificou se estava firmemente apertada antes de entrar na estufa para procurar o esguicho. A estufa abrigava uma mistura de vasos de plantas floridas de todas as formas e tamanhos. As variadas formas e os aromas sortidos muitas vezes faziam Billy se sentir aquecido por dentro.

Billy colocou o esguicho para fora da estufa, fechou a porta e caminhou de volta para a torneira. Quando retornou, teve a estranha sensação de que estava sendo observado ou seguido. Rapidamente, virou-se e olhou ao redor. Não havia ninguém ali. Não se importou e seguiu seu caminho.

Qualquer pessoa que observasse Billy teria tido uma visão muito estranha, já que toda vez que ele caminhava, a mangueira do jardim esguichava para cima no ar e dançava atrás dele no caminho, como uma cobra dançando para um encantador de serpentes, e toda vez que Billy virava de volta, a mangueira ficava largada no chão.

O cabelo de Billy começou a ficar eriçado no pescoço. Ele realmente não conseguia entender o que estava acontecendo, mas ainda tinha aquela sensação de que não estava sozinho. Por fim, alcançou a torneira e a ligou. Imediatamente, a mangueira dançou e saracoteou pelo caminho até a altura da cabeça dele. Quando virou, Billy teve o maior susto de sua vida ao receber um jato de água fria em cheio no rosto.

– Aaaiii! – ele gritou. – O que está acontecendo?

Empurrou com as mãos diante de si para tentar ver através da explosão de água que o estava inundando, mas aquilo era muito forte. Tentou correr para fora do caminho, mas a água o seguiu.

Billy avistou a ponta da mangueira que zanzava e saracoteava em torno dele.

– O que é isso?! Hein?! – gaguejou enquanto a água enchia sua boca. Começou a entrar em pânico e a empurrar freneticamente a mangueira, que passou a se enrolar em volta dele como uma jiboia constritora. Ele caiu e se chocou contra os canteiros de flores. Ouviu o estalar dos frágeis botões de rosas de seu pai esmagadas ao redor dele. Sentiu uma forte dor de lado quando os espinhos das flores rasgaram a camiseta.

Billy ficou de pé o mais depressa possível. Foi quando percebeu onde havia caído, mas o estado das rosas logo deixou de preocupá-lo quando a mangueira dançou ameaçadora na frente dele. Ele começou a correr para casa, mas a mangueira barrou o caminho e rapidamente enrolou-se em seus tornozelos, para, em seguida, com um forte tranco, arremessá-lo no chão. Billy caiu no topo de outro canteiro de flores, arrebentando-se entre os espinhos. Começou a berrar.

A gritaria no jardim chamou a atenção do pai que fazia as palavras cruzadas no jornal da manhã. O pai de Billy caminhou até a janela da cozinha bem no exato momento que Billy ridiculamente decidiu correr para se abrigar na estufa. O que o pai então viu foi seu filho de 14 anos de idade correndo perdido entre suas flores premiadas, fazendo uma estranha dança, espatifando os vasos de plantas. Normalmente, o senhor Watson era um homem razoável, que se orgulhava de seu comportamento racional. Quando presenciou a exibição daquilo que seu cérebro lhe dizia tratar-se de vandalismo intencional, seu queixo caiu e seu rosto empalideceu. Ele correu para o jardim gritando:

– BILLY, BILLY, VOCÊ PERDEU O JUÍZO? – Billy gritava tão alto de medo que sequer ouvia o pai.

O que seu cérebro registrou, porém, é que o pai o agarrou para impedir que ele continuasse saltitando. Houve um momento de silêncio. Pai e filho entreolharam-se de olhos esbugalhados. O único som a quebrar o silêncio era o gotejar da água que escapava da mangueira. Em torno deles havia vasos quebrados, flores despedaçadas e grandes montes de terra encharcada.

Billy começou a tremer e a chorar. Apontou para a terrível mangueira que estrebuchava e aos soluços tentou explicar para o pai o que havia acontecido. O rosto do pai de Billy virou uma tempestade.

– Jamais ouvi tamanho absurdo em toda a minha vida – ele sussurrou para o filho. Caminhou de volta para casa para desligar a torneira. Billy seguiu timidamente atrás dele repetindo:

– Estou falando a verdade, pai, acredite em mim...

O senhor Watson olhou ao redor e arregalou os olhos para ele. Balançou a cabeça desolado, e se dirigiu para a casa. Billy começou a segui-lo, ainda tentando explicar, quando o pai bateu a porta em sua cara. Billy ouviu a chave trancar a porta. Um alto grito pôde ser ouvido quando Billy lamentou:

– PAAIII!

Capítulo 10

Uma História Antiga

Quando Tom chegou à escola na segunda-feira seguinte depois do acidente de Billy, a notícia já havia se espalhado por toda parte. Alguns rapazes achavam aquilo hilariante. Aparentemente, Billy ficou em tal estado que precisou passar pelo médico. Enquanto isso, Steve Simpson ficou famoso por inundar prédios. Ele havia inundado os sanitários do cinema local no fim de semana.

Tom ficou de queixo caído quando David lhe explicou o que tinha ouvido. Por um momento, ele pensou no que dissera no poço dos desejos, então balançou a cabeça. Era apenas mais uma coincidência espetacular.

Nem Billy nem Steve podiam ser vistos em qualquer lugar. O dia na escola foi sem incidentes devido à ausência dos dois valentões, embora Tom tivesse visto George Foster chutando uma lata na quadra de jogos, parecendo um pouco perdido sem os dois amigos. Bem mais adaptado, Tom estava fazendo novos amigos. David contou um pouco mais sobre a floresta mal-assombrada.

– Bem – disse David animado –, parece que séculos atrás uma convenção de bruxas velhas costumava se reunir em uma parte da floresta para realizar encontros. Quando uma criança desapareceu, os aldeões resolveram se vingar e, uma noite, ficaram de tocaia na floresta. – David arregalou os olhos pois se preparava para contar uma história arrepiante. – Era lua cheia, as bruxas acenderam uma enorme fogueira, e dançavam embriagadas em volta dela. De repente, os aldeões apareceram e as atacaram. Houve uma luta encarniçada e, aparentemente, eles afogaram algumas bruxas velhas em um poço de água que ficava perto.

Com estas últimas palavras, Tom respirou fundo:

– É mesmo?

– Sim – disse David, fazendo uma pausa para recuperar o fôlego e tornar o clima mais dramático. – Tem gente que diz que logo depois disso, misteriosos eventos passaram a ocorrer nessa parte da floresta. Pessoas começaram a desaparecer e havia gente dizendo que ainda era possível ver as bruxas dançando ao redor do fogo nas noites de lua cheia. Por isso, os aldeões fecharam o local com tábuas. – David então imitou uma ridícula voz de bruxa e soltou uma gargalhada sinistra: – E depois disso o poço jamais foi encontrado, queridinho, rá, rá, rá!

Tom despejou estas palavras: – Mas eu já vi esse poço, e não está mais fechado. Na verdade, ele ainda funciona.

– Sim, com certeza! – disse David. – Essa é apenas uma história boba.

– Não, David, sinceramente. Eu posso mostrá-lo a você...

David parecia confuso, e quando o sinal tocou concordou de se encontrarem para que Tom lhe mostrasse onde o poço ficava. Tom decidiu não dizer para David a respeito do que havia dito para o poço. Aquilo tudo era muito estranho.

Depois da escola, David foi para a casa de Tom. Era a primeira vez que Tom levava alguém em casa e sua mãe ficou contente. Muito contente.

– Bem, Tom, quem é ele?

Tom murmurou: – David.

– Olá, David. – a mãe exibiu o sorriso mais bobo no rosto. – E onde você mora?

Acanhado, David deu seu endereço quase como se ela fosse da polícia.

– E os seu pais sabem que você está aqui? – indagou a mãe. – É um caminho bastante longo até a sua casa. Não queremos que eles se preocupem...

Como David havia seguido para a casa de Tom na empolgação, ele não tinha feito aquela coisa aborrecida de avisar os pais onde estava. A mãe de Tom insistiu que telefonasse para eles imediatamente. Tom estava muito envergonhado.

Como Tom suspeitava, a mãe não se contentaria só com o telefonema de David para os pais. Com certeza, queria falar com eles. Ela pegou o telefone de David, e seu tom de voz mudou, como se ela quisesse parecer educada para os pais dele.

– Ah! Estou muito satisfeita de falar com os pais de um amigo do Tom. Somos novos na região, e então eu gostaria de conhecer as famílias que moram no nosso entorno.

Atrás da mãe, Tom olhava para David e fingia passar mal.

– Talvez David possa ficar para o jantar – a mãe balbuciou.

Tom sorriu com a imagem dele e seus pais comendo David no jantar...

Depois do que pareceu uma eternidade, a mãe desligou o telefone. Ela virou-se triunfante, como se tivesse acabado de resolver um importante caso para a polícia. Tom suspirou.

– Podemos sair agora, mãe?

– Sim, querido, mas não se afastem muito, quero poder encontrar vocês facilmente. Não quero que os pais de David pensem que não tomei conta dele adequadamente.

Tom e David escaparam das garras da mãe e correram para fora.

– Sinto muito por isso – disse Tom.

– Tudo bem – respondeu David. – A minha mãe também é assim. – Ambos riram e começaram a andar ao longo do caminho.

Quando alcançaram a borda da floresta, Tom ficou surpreso ao descobrir que o portão pelo qual ele normalmente passava parecia mais coberto de mato. Os rapazes afastaram a folhagem para facilitar a subida. O grande campo que ficava protegido pelas árvores parecia mais escuro que o habitual.

Tom olhou para a outra ponta onde o poço ficava.
– Isso é estranho – ele disse.

– O que houve? – David parecia se divertir. – Eu sabia que você estava mentindo – e empurrou Tom de brincadeira.

Os rapazes caminharam pelo campo coberto de mato e chegaram a um velho poço tampado. A manivela brilhante em forma de L que Tom tinha visto antes fora substituída por uma peça velha de arame enferrujado, com a sobra de uma corda velha dependurada. O enorme poço estava coberto com madeira muito velha que parecia podre e insegura.

Ao lado do poço havia um balde velho com um enorme buraco. Tom ficou surpreso. O muro de pedra do poço estava coberto de limo e hera, e é óbvio que estava assim há muito tempo.

– Mas, eu não entendo – gaguejou Tom. – Normalmente não é assim, alguém deve ter vindo aqui... – percebeu a bobagem que significava dizer isso. David riu ruidosamente. Tom estava confuso.

– Sim! – concordou David ironizando. – Alguém veio até aqui e fez tudo ficar enferrujado e enroscado na trepadeira de hera ao lado. Não seja ridículo, Tom, esse poço não é usado há anos. David tentou virar a manivela, que não se mexia.

– Talvez as histórias sejam verdadeiras. Mas e a respeito das bruxas? – Tom olhou suplicante nos olhos do amigo.

– Ah, Tom, faça-me um favor! – David riu. – Estou com dor de barriga de tanto rir... – a risada dele ecoou em torno do grande campo. – Sem essa, vamos voltar, estou com frio e com fome.

Eles caminharam de volta para a casa da fazenda, com David caçoando de Tom durante todo o caminho. Tom estava surpreso demais para se defender.

Quando David foi embora ao anoitecer, ainda ria de Tom, e agradeceu pela melhor piada dos últimos tempos. Tom estava levando na brincadeira, mas assim que fechou a porta da frente, pensou:

"Amanhã, logo depois da escola, vou voltar ao poço!"

Capítulo 11

Tom Faz um Desejo

O dia parecia se arrastar, à medida que Tom esperava impaciente pelo último sinal. Steve e Billy estavam de volta e haviam se unido a George para assustar um garoto do primeiro ano. Tom evitou-os e esperava que eles tivessem esquecido tudo sobre ele. Além disso, tinha coisas mais importantes em que pensar. Começou a ter problema em várias aulas por sonhar acordado, mas não podia parar de pensar no que tinha acontecido.

Por fim, o dia terminou e ele foi pegar o ônibus. Conseguiu chegar ao caminho que levava ao ponto sem qualquer incidente, pois Steve e George não estavam por perto, e cruzou os dedos para que eles não aparecessem.

Ele se apressou pelo caminho do canal, com o poço na mente, sem notar que os três rapazes o seguiam na paralela, ao longo dos arbustos.

Assim que chegou à ponte, os rapazes o agarraram. Tom lutou para fugir, mas George Foster apanhou sua mochila e começou a correr na direção contrária à ponte.

– Dá isso de volta! – Tom berrou para ele.

Foster riu e imitou a voz do outro: – Dá isso de volta!

Tom tentou se aproximar, mas Simpson e Watson derrubaram-no no chão. George começou a girar a mochila de Tom segurando pela correia. Alguns livros caíram no caminho lamacento. Com um último arremesso, George atirou a mochila no canal. Ela caiu com um esguicho e ficou no meio da água. Tom podia ver seu livro de Química estragando conforme ficava encharcado. Os outros dois rapazes o soltaram, mas o xingaram e fizeram gestos obscenos quando se foram.

Tom entrou na água para pegar suas coisas. Recolheu os livros que caíram no caminho. Tudo estava coberto de lama e água. Dos joelhos para baixo sentia as calças frias, úmidas e pesadas. Levantou os olhos para o caminho onde os rapazes tinham sumido e viu-os rindo conforme se afastavam.

Caminhou pela ponte, deixando um rastro empapado. Suas calças começavam a cheirar mal. Havia perdido o ônibus e tomou um lugar na fila. As pessoas torciam o nariz e olhavam em volta para saber de onde vinha o cheiro. O rosto de Tom corou. Por fim o ônibus chegou, ele subiu rapidamente, e foi para a parte traseira, tentando esconder as pernas sob o banco da frente, na esperança de diminuir o cheiro.

Infelizmente, Tom sentou ao lado do motor do ônibus, e o calor começou a esquentar as calças dele. O vapor começou a subir e o cheiro logo tomou o veículo inteiro. Tom pressionou o rosto contra a janela para não ver o olhar dos outros passageiros.

Desceu do ônibus o mais rapidamente possível. A mudança da temperatura quente do ônibus o fez tremer de frio. Estava zangado.

Os fundilhos das calças haviam se tornado espessos e ele cambaleou em direção à sua casa.

A mãe estava fora lavando um tapete quando ele chegou.

– Tom! – ela gritou. – Mas que diabos?...

Encabulado, Tom olhou para ela.

– Você pensa que eu não tenho nada melhor para fazer do que lavar roupa todo dia? – ela perguntou bruscamente.

– Sinto muito mãe, eu caí no canal.

A mãe o enviou diretamente para tomar banho no andar de cima, adiando a visita dele ao poço. Tom irritou-se.

Depois do jantar, o telefone tocou. Era a tia Margaret.

Tom sabia que a mãe ficaria ocupada por um bom tempo e aproveitou a oportunidade para escapulir de casa. Estava começando a escurecer, mas Tom quase não notou enquanto corria pelo agora familiar caminho para a borda da floresta.

Quando chegou lá, não viu os galhos quebrados que ele e David tinham deixado de lado na véspera. Parecia que tudo estava exatamente como sempre esteve antes. Tom procurou em volta para ver se algum trator não tinha levado os galhos para longe, mas não encontrou pistas. Apenas suas próprias pegadas na lama. Lentamente, ele contornou o campo, sentindo-se um pouco nervoso. Podia ver o brilho fraco do sol baixo resplandecendo ao anoitecer na outra ponta do campo, parecendo querer iluminar o poço, quase como se o poço estivesse no meio de um palco e o sol fosse um holofote. Tom correu para o poço e arregalou os olhos.

Foi o que ele suspeitou: o poço continuava exatamente como da primeira vez que o descobrira. A manivela brilhava reluzente quando os raios de sol batiam nela. A corda estava fortemente amarrada em um brilhante balde novo. Não havia nenhum sinal de qualquer tábua velha, arame enferrujado ou balde furado por perto. Ele se inclinou na beirada e berrou lá dentro:

– Onde você estava?!

O poço ecoou suas palavras. Tom coçou a cabeça estupefato: o poço era mal-assombrado e os espíritos das bruxas mortas jaziam ali. Pensou em Steve e Billy, mas não se sentia amedrontado pelo poço. Era seu amigo. Em seguida lembrou de George atirando sua mochila no canal e um pensamento maldoso lhe atravessou a mente.

Se aquele era realmente um poço mal-assombrado, então talvez os espíritos fossem responsáveis pelos acidentes que os rapazes estavam sofrendo! Era chegada a hora de fazer uma experiência...

– Espírito do poço, eu odeio George Foster – ele disse animado. – Eu quero, eu desejo que ele passe pelo que eu passei hoje e que seja pior.

O poço gorgolejou de volta os últimos ecos dessas palavras. Tom parou muito tranquilo e arregalou os olhos lá dentro. Notou que agora o sol tinha desaparecido e a campina estava quase totalmente no escuro. Correu de volta para casa sorrindo, impaciente para ver se o seu desejo se realizaria.

Capítulo 12
A Lição de George

George Foster não era o garoto mais brilhante do mundo. Tinha o hábito de dizer a coisa errada na hora errada, e no geral era um pouco lento. Steve Simpson permitia que George andasse à sua volta porque ele era tonto demais para pensar no que fazia e executava qualquer coisa que o outro mandasse. Steve disse para George atirar a mochila de Tom no canal e George nem pensou nas consequências disso. Ele só fez o que Steve lhe disse para fazer.

Aquele dia não era diferente de qualquer outro dia para George. Havia passado em casa para o chá e agora estava de volta ao jardim para atirar pedras no gato. O gato tentou se esquivar dos projéteis, mas George encurralou o pobre animal num canto. Ele ria estupidamente para si mesmo quando o gato miou com medo.

A porta de trás da cozinha abriu e uma voz esganiçada berrou:

– George, pare com isso! – e a porta fechou ainda mais rapidamente do que abriu.

George levantou os olhos para a porta e por um segundo ficou confuso. A mãe dele sempre atrapalhava a diversão.

Pouco importava, o gato nem era deles! Relutante, deixou o gato ir e começou a chutar uma lata no jardim.

Percebeu alguma coisa no chão, no canto do jardim. Não tinha visto aquilo antes. O que seria? Era um grande ralo quadrado que se projetava da terra. Como nunca havia notado aquilo antes? Ele havia fuçado cada centímetro daquele território. O ralo possuía uma grade que o cobria. George examinou a parte interna e pôde observar que era um buraco profundo e escuro. Ajoelhou-se ao lado daquilo e escutou. Parecia ter água corrente lá dentro.

Procurou em volta no jardim algo para levantar a grade de metal. Na lateral do galpão havia o cabo de um velho ancinho. George pegou o cabo e o forçou entre as barras. Largou o peso de seu corpo no topo do cabo e a grade começou a se deslocar. George riu para si mesmo. A grade soltou e ele conseguiu deslizar os dedos na terra em volta dela. Puxou com força e a grade virou como um portão.

George se inclinou e ouviu bem. Definitivamente, era água corrente. Pegou a lata que estava chutando antes e jogou-a no ralo. Ela desapareceu da vista e ele se inclinou para ouvi-la cair. De repente uma grande força sugou-o para o ralo. George tombou de cabeça direto no buraco, mas o cinto da calça prendeu na abertura e ele ficou pendurado no meio do caminho.

Ele se contorceu tentando afrouxar o cinto e se soltar, mas só conseguiu apertar ainda mais. Suas pernas estavam esticadas retas para cima no ar. George começou a chamar: – SOCORRO! –, mas seus gritos foram tragados para baixo no ralo. Estava escuro e úmido e o cheiro era muito desagradável. George teve a impressão de reconhecer o cheiro, mas não conseguia lembrar bem onde tinha sentido aquilo antes.

Naquele momento, um som familiar veio da casa de George. Era o som de alguém no banheiro dando a descarga no vaso sanitário. George abriu a boca para chamar novamente, quando ouviu o som da água corrente ficar cada vez mais alto e cada vez mais próximo. Ele começou a se contorcer furiosamente, mas as coisas só pioravam. Ele estava realmente muito encrencado.

A água vinha correndo em direção a ele feito um vulcão em erupção e então ele lembrou de onde conhecia aquele cheiro.

Era do ralo ligado ao sanitário. George começou a berrar freneticamente quando a água jorrou por todos os lados sobre ele. Ele nem pensou em ficar de boca fechada e murmurou a palavra: – SOCORRO.

– Engoliu uma enorme quantidade de água de esgoto ao fazer isso. Ela brotou em seu nariz e o cheiro era insuportável.

A mãe de George achou que ele estava muito sossegado no jardim há algum tempo e olhou para fora da janela da cozinha para ver se ele ainda estava lá. O que ela viu foi a terrível visão das pernas de George se contorcendo no chão. Ela arremeteu para abrir a porta de trás e gritou: – George! Oh! NÃO! – ela correu em direção a ele e tentou puxá-lo para fora do ralo pelas pernas. Havia água em toda parte e ela escorregou nas pedras da calçada e caiu em cima de George com um baque, mandando-o para dentro do esgoto.

– George! – ela gritou para o ralo. Os gritos de George podiam ser ouvidos, mas ficavam cada vez mais distantes.

– MÃÃEEE! SOCORROOO!

A senhora Foster correu de volta para casa e chamou o Corpo de Bombeiros.

Capítulo 13
O Espírito do Poço

No momento em que Tom chegou à escola na manhã seguinte, as novidades haviam se espalhado rapidamente. Demorou quatro horas para George ser retirado do esgoto. Quando foi resgatado, precisou ser levado ao hospital para fazer uma lavagem estomacal, pois havia engolido muita água do esgoto. Tom ficou muito contente. A coisa funcionou, então o poço *era* mal-assombrado.

Quando voltou para casa à noite, ele sequer entrou em casa. Correu direto para o poço, incapaz de conter a agitação. Parecia que aquilo sempre tomava conta dele, mas agora era realmente seu lugar especial. Ele havia decidido, depois da visita de David, não mencionar o local para mais ninguém.

Tom correu para o campo pulando e gritando. Ele girou e girou até cair em um monte na frente do poço. Começou a rir sem parar. Pendurou-se de lado e berrou:

– Obrigado, obrigado mesmo, espírito do poço!

Tom riu até a barriga doer. Deitou-se no chão ao lado do poço e levantou os olhos para o céu escondido pelas árvores acima dele. Só então notou como o lugar era sossegado. Não escutava nem um pássaro, nem o vento soprando nas folhas das árvores. O céu parecia escurecer quando ele se sentou para olhar o campo em volta.

Não havia nenhum som para ser ouvido. Tom olhou no poço, que parecia emitir um brilho estranho. Uma mistura de cores rodopiou para fora e ao redor do poço. Tom arregalou os olhos, enraizado onde estava. Dourado, verde, azul e vermelho pareciam rodar em conjunto como um tornado, que girou em torno do poço até tomar a forma de um grande manto. Tom ficou de queixo caído. De repente, a forma virou uma grande capa que parecia envolver alguém ou alguma coisa.

Tom parou na frente da visão e arregalou os olhos, incrédulo. A capa se abriu para cima e revelou o que escondia: uma pequena criatura fantasma que flutuava acima do chão. A criatura tinha longos cabelos negros, que explodiam em volta dela, apesar do fato de não existir vento. Ela usava um vestido longo esvoaçante, feito de um material que ele nunca havia visto antes, que parecia mudar de cores diante dos olhos dele. Às vezes era azul-claro, depois parecia mesclar com roxo, em seguida, magicamente, escoava para um azul-escuro profundo.

O Poço dos Desejos

Tom gaguejou – Que, quem é você? Você é o espírito do poço? – A criatura jogou a cabeça para trás e soltou uma risada longa e oca que pareceu durar uma eternidade. O som daquela voz era estranho. Parecia a mistura de um som aguado, como se ela estivesse se afogando quando falava. A risada ecoou ao redor no campo, até finalmente sumir ao longe.

– Tom, nós nos encontramos afinal – disse a criatura vagarosamente, faiscando os olhos verdes para ele. Cada vez que dizia uma palavra, seus olhos pareciam brilhar ainda mais. – Eu sou realmente o espírito do poço. Esperei um longo tempo para ser livrado, e por fim veio alguém para dizer as palavras que quebraram o feitiço que me mantinha prisioneiro à minha cela cheia d'água.

O som da voz do espírito fez Tom se sentir inebriado, enfeitiçado pela visão. Ele não conseguia falar.

– Não tenha medo, jovem Tom – borbulhou o espírito –, pois você provou que temos um objetivo comum. Eu também tenho inimigos contra quem busco vingança há muito tempo. Três vezes você me pediu para cumprir suas ordens e três vezes eu obedeci. Você quebrou o feitiço ao agradecer a maldade que eu estava fazendo.

Tom recuperou a força da voz.

– Quem lançou o feitiço em você?

O espírito contorceu o rosto. Em seguida, cuspiu as palavras.

– Os moradores de Rosewell. Eles me acusaram de ser bruxa – os olhos do espírito faiscaram e estreitaram de raiva. – Eles vieram atrás de mim como covardes na noite. Escondidos na mata, enquanto minhas irmãs e eu dançávamos ao luar. Eles nos atacaram, assassinaram minhas amadas irmãs. Eu tentei escapar, mas eles me capturaram e me atiraram para a morte dentro deste poço. – O espírito soltou um gemido sobrenatural.

– Então, porque você não está morta? – Tom perguntou.

– Ah! – gorgolejou o espírito. – Eu sou uma morta-viva. Quando caí para morrer, fui apanhada por uma força mais poderosa. Enki, a deusa do mundo das águas me capturou e amorteceu a minha queda. Ela não ficou contente com o que fiz enquanto eu vivia, então passou para o lado dos aldeões e me puniu. Disse que eu devia me arrepender das minhas crenças e então ela me permitiria descansar em paz. Mas não fiz isso, pois meu nome é Arrogância, e eu não concordaria com os termos dela. Ela estava errada ao me julgar assim. – O espírito se debatia por toda parte, mudando de cor, babando e salivando.

– O meu castigo seria permanecer presa no poço até que outro ser humano seguisse o meu jeito de pensar. Que foi o que você, meu querido, queridíssimo Tom, fez. – Arrogância sorriu para ele exibindo bolhas que jorravam entre os dentes. – Três vezes você devia me pedir ajuda, três vezes eu devia atendê-lo, depois você devia me agradecer, e foi o que fez. Agora eu posso reparar o mal que fizeram para mim e agora, e somente agora, posso me juntar às almas das minhas irmãs.

– Mas com certeza isso aconteceu há séculos, as pessoas que você quer encontrar devem estar mortas – disse Tom.

O espírito gritou forte:

– NÃO, NÃO, NÃO VOU ACREDITAR NISSO!

Tom olhou nervoso. Era óbvio que tinha dito a coisa errada.

O espírito cuspiu fora as palavras: – O MEU DIA VAI CHEGAR, EU VOU ME VINGAR! NINGUÉM VAI ME IMPEDIR! – Rodopiou desvairado por toda parte, até que seu tornado reapareceu. Em seguida, tão misteriosamente quanto apareceu, evaporou. Tom continuou parado, ainda hipnotizado pelo que tinha visto. Era realmente incrível.

A campina permanecia em silêncio, e ele se arrastou até o poço e olhou lá dentro. Não havia nada ali, nada para ver. Onde ela havia sumido? Ele pegou a mochila e correu de volta para a casa da fazenda.

Capítulo 14

A Rainha das Águas

Tom sentou em seu quarto. Deveria estar fazendo a lição de casa, mas não conseguia se concentrar. Talvez tivesse imaginado o que tinha visto, mas tudo parecia tão real. Se fosse real, então Arrogância era uma força a ser enfrentada. Ela parecia muito, muito zangada mesmo. Ele gostaria de saber quando a veria novamente. Precisava descobrir o que ela pretendia fazer. As pessoas contra as quais ela queria se vingar estavam mesmo, e muito bem, enterradas. O coração dele se encheu de pavor, só de pensar que ela havia sido livrada por ele.

Naquela noite, ele não conseguia pegar no sono. Virou e revirou na cama até dormir. Mas, Arrogância estava em seus sonhos, levando o caos aonde quer que fosse. Ele despertou e olhou para o relógio. Eram 4h30 da madrugada. O quarto estava frio e escuro, ele puxou os cobertores firmemente ao redor, e tentou manter o calor na cama. De repente, ouviu um barulho na janela. Alguma coisa batia no vidro. Tom correu até lá e puxou as cortinas. Arrogância flutuava diante dele.

– Deixe-me entrar, Tom – ela sussurrou –, deixe-me entrar!

Tom destravou a janela e o espírito entrou. O quarto escuro se tornou um arco-íris. Os olhos de Arrogância faiscavam para ele.

– Vista-se Tom, temos trabalho a fazer.

Tom olhou o relógio e tentou dizer: – Mas são apenas 4h30, tenho que ir para a escola... – Arrogância interrompeu-o bruscamente.

– Esperei muito tempo por isso – os olhos verdes dela faiscavam com impaciência. A boca dela parecia borbulhar furiosamente. – Existem pessoas com quem eu preciso acertar as contas e eu não gosto de ficar esperando.

Tom teve a nítida impressão de que não era hora de discutir. Rapidamente puxou suas roupas enquanto o espírito flutuava no canto do quarto. Ele caminhou em direção à porta.

O espírito falou: – Não temos tempo para viajar da maneira convencional. Venha comigo – e acenou para ele. Nervoso, Tom caminhou para os braços dela.

Arrogância envolveu-o em sua capa. Tom sentiu um aroma de umidade e ervas daninhas. O abraço não foi nem frio e nem quente. Ela ergueu-o no ar. Ele não podia ver o chão, mas sabia que já não estava mais pisando nele.

Arrogância impulsionou-os para fora da janela, e eles voaram alto no céu. A noite estava limpa e as estrelas reluziam acima deles. Eles pareciam descer e mergulhar com incrível velocidade, até que finalmente aterrissaram. Arrogância abriu os braços para mostrar a fachada do bar da aldeia, *Braços Abertos Para o Viajante*.

Tom não podia imaginar porque eles estavam ali. Arrogância olhou para ele e riu da expressão de curiosidade estampada em seu rosto.

– Este, Tom, é o lugar onde tudo começou – ela disse, com olhos cintilantes na escura noite. – Eu preciso que você me ajude, pois existem algumas coisas que eu não posso fazer.

O bar tinha uma antiga marca que mostrava que funcionava ali desde 1850. Arrogância apontou para isso.

– Você riu de mim quando conversamos antes, mas esta cervejaria ainda existe.

Tom tentou dizer a ela que agora o bar devia ter outro gerente, mas ela começou a seguir o caminho em volta do prédio.

Fora do prédio ficavam grandes barris de metal vazios, à espera de serem recolhidos de manhã. Arrogância flutuou acima deles e acenou para Tom.

– Suba em um desses e abra a janela ali em cima.

Ela apontou para uma pequena janela que parecia ser o sanitário.

Tom olhou para ela e disse:

– Não posso fazer isso! Vou arranjar confusão... Arrogância, isso está errado.

O espírito inflou as bochechas e soprou direto na direção de Tom. O que saiu daquela boca foi um misto de água e ervas daninhas. Tom ficou encharcado da cabeça aos pés.

– Não provoque a minha ira ou não me responsabilizo pelo resultado.

Tom subiu nos barris e puxou a janela, que não estava adequadamente trancada, e abriu com o impulso, mostrando o banheiro no escuro. Arrogância voou por cima da cabeça dele. Tom decidiu segui-la e subiu. O espírito voou para o bar propriamente dito e flutuou ameaçadoramente.

– Finalmente, eu voltei! – ela girou no meio do recinto e sua capa se encheu de luz. Ela começou a girar mais e mais rápido enquanto recitava as palavras:

– A ausência faz o coração mais extremado ficar,
O sono interrompido é bom tempo para meditar.
Tempo não desperdicei, quando estava afastada:
A minha verdadeira ira permaneceu intocada.
Aqui dentro desta taberna de beber,

Venha cá, ó mundo das águas, encher.

Que fiquem todos ensopados e encharcados, como eu fiquei...

Este é o legado da Rainha das Águas que eu deixarei!

Tom parou no canto da sala observando a cena. Arrogância girou em volta do lugar como um pião, recitando as palavras cada vez mais rápido. Então houve um estrondoso ruído e fendas começaram a aparecer no teto. Fortes estouros começaram a sair do banheiro que ficava logo atrás. Tom olhou no banheiro e viu água espirrando das torneiras. Os canos nas paredes começaram a vergar e entortar até que explodiram. A água cascateava no local. No bar, as garrafas começaram a quebrar e a água escorria do teto. Arrogância estava rindo e a voz dela ecoava por toda parte.

Uma voz veio do andar de cima. O dono morava em cima do bar e tinha sido acordado com a quebradeira e a pancadaria que estava acontecendo por toda parte.

– QUEM ESTÁ AÍ EMBAIXO?

Tom olhou para Arrogância que ainda girava e apontava para vários lugares, onde novas torrentes de líquido apareceriam. Ao perceber o som de pés na escada, Tom avisou:

– Arrogância, precisamos ir!

Ela girou na direção de Tom, e sem parar envolveu-o na capa, rodopiou no meio do banheiro e saiu pela janela. Eles dispararam no céu como um foguete, deixando para trás uma bagunça molhada. Tão rapidamente como chegou à aldeia, o espírito devolveu Tom para seu quarto, aterrissando-o no meio do cômodo. Tom foi deixado em pé, imundo, ainda molhado do banho que tinha levado por tê-la questionado. Arrogância passou o dedo ensopado sob o queixo e disse: – Agora me diga, não foi divertido?

Tom ainda estava pensando em toda aquela molhadeira, mas decidiu concordar com ela, e acenou com a cabeça confirmando.

– Agora estou cansada. Acho que preciso de um pouco de repouso. Todo esse trabalho pesado me deixou exausta. Preciso ir.

Com esse comentário final, ela desapareceu pela janela aberta, deixando Tom olhando fixamente para ela, frio, molhado, e muito, muito preocupado.

Capítulo 15
Arrogância Busca Vingança

Chegou o fim de semana e Tom tinha passado os últimos dias sem pensar em outra coisa que não fosse Arrogância. Tinha saído uma reportagem no jornal da cidade dizendo que vândalos haviam depredado o bar *Braços Abertos Para o Viajante*. Tom se sentia muito culpado e preocupado, já que achava que ele era o responsável. Arrogância não voltou a vê-lo desde aquela noite. Ele acreditava que aquela havia sido a vingança final dela, e que agora ela estava em paz com as irmãs. Ele não se atreveu a visitar o poço desde as inundações, mas seus pais estavam indo para a cidade, e Tom pensou que aquela seria a oportunidade que esperava para tentar invocar Arrogância. Precisava ter certeza de que ela havia retornado ao descanso.

Esperou um tempo depois que os pais saíram, para ter certeza de que eles haviam desaparecido definitivamente e não retornariam. Logo que sentiu que eles deviam estar bem longe, caminhou até o poço. Não tinha certeza do que esperar quando chegasse lá. Talvez tudo tivesse de volta ao estado de degradação, o que significaria que Arrogância havia sumido. Ele entrou no campo com cautela e ficou olhando fixamente para o poço. Estava em perfeitas condições. O sol reluzia na manivela cromada e o balde balançava firmemente seguro na corda.

"Hum" - pensou Tom –, "acho que vou tentar chamá-la..."

Ele se inclinou na lateral do poço e berrou:

– Arrogância, você está aí? Preciso falar com você – mas não houve resposta. Ele tentou novamente.

– Arrogância, é o Tom, eu preciso falar com você – ele pensou ter ouvido um riso fraco e se inclinou um pouco mais no poço, e ouviu com cuidado. – Arrogância, é você? – Tom sentiu um toque em seu ombro e pulou.

Era Arrogância, que flutuava atrás dele.

– Buuu! – ela fez, e depois riu. – Assustei você? Não sou um terror? – ela levantou os braços, dançou ao redor como um fantasma, e revirou os olhos em volta das órbitas. – Tenho praticado a minha assombração. O que você achou?

Tom ficou contente de ver aquele senso de humor e eles riram. Talvez ela se tornasse boa depois de tudo.

– Arrogância, nós precisamos conversar – pediu Tom, parecendo bastante sério. – Por favor, ouça o que tenho para dizer.

Arrogância olhou como se ele estivesse estragando a diversão dela.

– Ah! Tudo bem – ela espichou o beiço –, se você insiste. O que é? – Arrogância parecia estar parada, ondulando no ar, e assim permaneceu sem se mexer.

Tom começou a explicar que o que eles tinham feito no outro dia era errado, e que as pessoas responsáveis pela morte dela e das irmãs com certeza deviam estar mortas, pois o caso ocorrera há mais de um século. Arrogância não disse nada. Tom olhou no rosto dela para ver se ela estava ficando aborrecida. Ele não queria ficar encharcado novamente. Ela parecia calma, então ele continuou. Perguntou se agora ela estava satisfeita e se voltaria feliz para o poço. Arrogância fez o ar mais inocente do mundo e disse:

– Tom, você está absolutamente certo, eu entendo, mas tem mais uma coisa que eu preciso fazer antes de me juntar às minhas irmãs. Você vai me ajudar?

Tom não tinha certeza.

– Depende do que é! Nós não podemos mais provocar danos.

Arrogância acenou com a cabeça aceitando e disse:

– Nada disso! Eu vou apenas procurar um velho amigo...

Tom pensou naquilo por um segundo, e depois olhou no rosto de Arrogância.

Ela parecia realmente querer dizer aquilo e, assim, o problema de ser livrada poderia ser resolvido.

– Ok! – ele disse. – Eu vou fazer isso. Mas você promete que não haverá confusão? – obediente, Arrogância acenou com a cabeça confirmando e abriu a capa para envolvê-lo.

Em poucos segundos eles estavam voando pelos caminhos dos céus. Arrogância cantava uma canção para ela própria, e Tom almejava que ela lembrasse que ele estava com ela. Tampou o nariz para tentar reduzir o impacto do cheiro de umidade que vinha dela e rezou para que o percurso também não fosse longo. Logo, eles chegaram à parte de trás da loja de congelados da aldeia. Era hora do almoço e não se avistava ninguém por perto. Arrogância pareceu ligeiramente confusa quando olhou em volta.

– Era neste lugar que John, o ferreiro, costumava trabalhar. Mas não parece o mesmo.

Tom ficou irritado com ela.

– É isso que venho tentando lhe dizer! As pessoas que agrediram você já não vivem mais.

Os olhos de Arrogância faiscaram de frustração. Ela parecia estar pensando em algo de difícil compreensão.

– Bem, não importa. Isso vai servir do mesmo jeito. Venha, Tom, você precisa me ajudar.

Tom ficou nervoso quando ela falou assim com ele. Da última vez que ela pediu ajuda, eles tinham causado um prejuízo enorme. Arrogância estava olhando nas portas traseiras onde a comida era colocada nos congeladores. Eram de aço e de grandes dimensões e Tom não via como eles poderiam entrar. Ficou aliviado.

O espírito virou e olhou para ele.

– Tom, eu preciso que você abra essa porta.

Tom disse-lhe que não podia, pois a loja estava fechada. Arrogância começou a ficar zangada. Ela estufou as bochechas.

– Tudo bem! – disse Tom. Ele não tinha esquecido o cheiro horrível e úmido da última vez que ela estufou as bochechas para cima dele. Teve que tomar três banhos para o cheiro sair do cabelo. Andou em volta da parte de fora do prédio para ver se existia algum outro jeito de eles entrarem. Bem alto, no primeiro andar, havia uma janela aberta. Ele virou para Arrogância e mostrou a ela, que o ergueu e flutuou do lado de fora da janela. Tom já estava se acostumando a ser levado no ar por ela. Ele forçou a janela para abrir um pouco mais e Arrogância colocou-o para dentro.

Uma vez dentro, Arrogância se esgueirou por um corredor e desceu as escadas que levavam à área principal de compras. Logo, eles estavam em um grande saguão. Um mar de congeladores surgiu zunindo diante deles. Tom caminhou pelo corredor olhando cada vidro de cada compartimento. Havia sorvetes, hambúrgueres, batatas fritas, todo tipo de coisas. Normalmente, ele detestava acompanhar a mãe até lá, mas era diferente estar ali com Arrogância e mais ninguém por perto. Arrogância corria para cima e para baixo dos corredores até encontrar um lugar confortável para ela. Então, ela começou a girar...

Tom virou rapidamente e berrou com ela:

– Arrogância, lembre-se do que você me prometeu!

Houve uma longa risada oca quando ela gritou em retorno:

– Eu menti!

Fora de controle, o espírito girou ferozmente por toda parte e Tom encolheu-se quando ouviu ela começar a recitar as palavras do feitiço perverso:

– Mundo de gelo que substitui aquele que eu conheci,
A mágoa congelada retorna para você.

Derreta tantos anos de dor,
Para que eu possa gostar de mim novamente.
Traga-me água, água limpa,
De cada cano e cada torneira aqui perto.
Mostre a esta cidade que eu voltei
Para nunca mais ser desprezada, decerto!

Tom sentiu o chão sob seus pés começar a sacudir descontrolado.

– Não, Arrogância! Não! – ele gritou.

O espírito ignorou-o e continuou a recitar as palavras conforme girava cada vez mais rápido, como um borrão. No meio daquilo, Tom só conseguia enxergar os olhos de arrogância faiscando com as palavras pronunciadas. O prédio balançou e telhas começaram a cair do teto. Houve grandes ruídos rangendo quando os canos do prédio que transportavam água começaram a explodir acima da cabeça de Tom. O zumbido dos congeladores parou e as tampas voaram para cima. E começou a jorrar água das máquinas.

Tom correu em direção a Arrogância para tentar agarrá-la, para que ela parasse de girar, mas não havia nada para segurar. As mãos dele desapareceram na forma dela, como se ela não existisse.

O espírito girou febrilmente ao redor, e logo o riso dela substituiu o feitiço usado para destruir a loja.

Havia água por toda parte e os tênis de Tom estavam começando a ficar encharcados. Uma torrente constante de água jorrou do teto, ensopando o cabelo e as roupas dele.

– Pare com isso, Arrogância, pare! – Tom gritava em vão, conforme o espírito maligno conseguia exatamente o que queria.

Tom começou a correr para fora do salão de comidas, em direção à escada por onde havia descido. O espírito esbravejou com ele.

– Volte aqui!

Mas ele não ouviu e continuou correndo até alcançar o andar de cima. Arrogância foi atrás dele e apontou a mão de água para o teto acima da cabeça do rapaz. As telhas despencaram a seus pés, despejando toda água sobre ele. Tom continuou na correria. Quando chegou à janela do depósito pela qual eles haviam subido, ele percebeu que não conseguiria sair. Precisaria voltar atrás e escapar pela escada de incêndio. Virou rapidamente e olhou para a entrada. Nem sinal de Arrogância. Onde ela tinha ido? A água agora já havia inundado o prédio inteiro e Tom patinava no caminho de volta pelas escadas tentando fazer isso da maneira mais quieta possível para passar despercebido. O som da água corrente era ensurdecedor quando ele atravessou o caminho para o corredor de volta. Uma voz parou suas pegadas.

– E onde você pensa que está indo? – mesmo sem ver, Tom sabia quem era. Ele virou lentamente para enfrentar o monstro que havia livrado do poço. Arrogância flutuava acima dele com a mais estranha expressão no rosto: – Eu ainda não acabei com você...

Tom começou a correr em direção à porta e o espírito apontou e disparou jatos de água. Um deles atingiu Tom no meio das costas. Ele caiu no meio daquela confusão molhada.

– Não, Arrogância, não! – ele gritou. Sabia que precisava sair dali e atirou-se sobre a barra que abria a porta. O mar de água atrás dele o acompanhou lá fora no pátio de entregas.

Tom deslizou pela porta na onda de água e aterrissou no chão do lado de fora.

Sem parar para pensar, ele pulou e começou a correr o mais rápido possível para longe do desastre.

Capítulo 16
Fora de Controle

Tom correu todo o caminho de volta para a casa da fazenda olhando para trás constantemente para ver se Arrogância o seguia. Suas roupas estavam frias e úmidas e grudavam na pele. Quando chegou, ficou aliviado de ver que seus pais ainda não haviam retornado. Correu para o andar de cima e tirou as roupas molhadas. Rapidamente, as trocou por roupas secas, e se trancou no quarto. Tudo o que havia acontecido lhe passou pela memória num instante. Aquilo era terrível, Arrogância estava fora de controle. O que ele poderia dizer? Como ele poderia pará-la? Ele ouviu um baque no andar de baixo e seu coração disparou. Será que ela tinha vindo buscá-lo?

– Tom, você está aí?

Era a mãe. Ele soltou um suspiro de alívio. Tom destravou a porta e correu para o topo da escada, mas o que encontrou não era o rosto familiar da mãe – era Arrogância. Ela flutuava no final da escada rindo. Tom correu para o banheiro e trancou a porta. Sabia que ela só podia entrar em lugares com a porta aberta. Ele devia ter deixado a porta da frente aberta. Como ela conseguiu copiar a voz da mãe? Arrogância foi até o alto da escada e novamente imitou a voz da mãe.

– Tom – ela cantarolou –, venha para a mamãe!

Tom tampou os ouvidos com as mãos e berrou – Vá embora, vá embora!

A risada de Arrogância ecoou por toda a casa vazia e Tom tentou o impossível para não ouvi-la. Ela começou a cantar:

– Garotinho bondoso que vale ouro,
Sempre faz o que lhe pedem.
Livrou do poço o espírito imorredouro,
E gostou de ver seus inimigos se danarem.

Tom podia ver luzes faiscando sob a porta do banheiro quando Arrogância começou girar.

– Vamos ensiná-lo a com fogo não brincar
Com água que sempre a fogueira costuma esfriar
Ó água gentil, faça a bagunça até ele vir,
Alguma coisa para a mente dele fundir.

Com isso, ela deixou escapar uma risada sinistra. Tom olhou ao redor e percebeu pela primeira vez onde estava. Era o banheiro. Pulou de pé e apanhou todas as toalhas que encontrou. O rumor começou. Freneticamente ele procurou saber de onde aquilo vinha. O sanitário tinha começado a borbulhar e espumar. Rapidamente Tom entupiu a bacia com as toalhas. Virou para a pia e tentou apertar a torneira o máximo possível.

O registro soltou em suas mãos, jorrando uma fonte de água alta no ar. O sanitário começou a espirrar água por toda parte, as toalhas e o banheiro começaram a gorgolejar e arrotar como quem tivesse comido demais na refeição principal. A água escorria por toda parte.

Tom correu pelo banheiro, enxugando toda água que podia, mas rapidamente o cômodo ficou encharcado. De repente, ouviu uma pessoa bater na porta, furiosa.

– Tom – disse uma voz aguda. – Você está aí? Abra essa porta de uma vez!

Tom berrou: – Vá embora, odeio você!

Houve um breve silêncio do outro lado da porta, e então uma voz muito zangada falou:

– Tomas Walker, abra já essa porta! – dessa vez era o pai. Tom olhou a baderna em volta e sabia que estava metido em apuros. Abriu a porta e arregalou os olhos diante da cara zangada de seus pais. A mãe olhou lá dentro e deixou escapar um grito:

– VOCÊ PERDEU O JUÍZO?

Tom não disse nada. O que poderia dizer que não parecesse bobagem? Os pais passaram por ele e se encharcaram no chão do banheiro. A mãe levou as toalhas para fora do sanitário.

– Minhas melhores toalhas, eu não acredito nisso!

Tom não conseguia lembrar da última vez que tinha visto ambos tão zangados. O pai mandou-o para o quarto. Foi o que ele fez rapidamente, sem discutir. Não era uma boa hora para discutir nada com eles.

Ele fechou a porta do quarto cuidadosamente atrás de si e sentou-se de lado na cama. Ele precisava deter Arrogância.

Seus pais não falaram com ele nos dois dias seguintes. Fizeram-no ajudar na limpeza da bagunça, mas não disseram nada, apenas lançavam ocasionais olhares de desprezo. Tom sentia-se horrível, mas o que podia fazer?

Quando eles sentaram para tomar chá de noite, Tom já não podia mais suportar aquele tratamento silencioso. Decidiu contar para eles o que tinha acontecido. A mãe e o pai sentaram e ouviram calmamente o que Tom disse sem interromper. Tom olhou cara a cara para convencer e tentar avaliar o que eles estavam pensando, mas nenhum deles disse nada.

– Sinceramente, mãe, pai, estou contando a verdade. Vamos até o poço para ver – suplicou a eles. Os pais se entreolharam. A mãe ergueu a sobrancelha.

– Tudo bem – disse o pai –, vamos fazer exatamente isso. – Tom sentiu-se aliviado.

Enquanto percorriam o caminho em direção à floresta, Tom conversou animado com os pais a respeito do espírito. A mãe e o pai continuaram sem dizer nada. Chegaram à borda da floresta e Tom notou que a cerca viva havia crescido novamente. Ele e o pai abriram caminho pelo matagal crescido e então pularam a sebe. O campo estava sossegado e novamente o sol espreitava pela copa das árvores e iluminava a campina. Tom correu até o poço e parou de repente diante dele. Os pais caminharam devagar atrás dele. E todos os três arregalaram os olhos.

Eles estavam olhando estarrecidos para um velho poço desativado, fechado com tábuas. Ele possuía uma velha manivela enferrujada e um pedaço de corda quebrada pendurado nela. No chão jazia um velho balde furado. Tom virou para os pais em pânico.

– Eu sei o que parece, mas contei a vocês que estava assim quando eu trouxe o David até aqui! Vocês têm que acreditar em mim!

A mãe de Tom olhou para o marido e disse – É isso mesmo, Arthur, é melhor chamar o médico assim que voltarmos para casa.

Ele acenou com a cabeça, concordando. – Eu acho que dessa vez você tem razão Phyllis – ele respondeu calmamente.

– NÃO! Eu estou falando a verdade!

Tom berrou com eles, mas os pais apenas olharam com pena para ele.

– Tom, foi a mudança. Deve ter sido mais estressante para você do que a gente poderia imaginar.

Tom sabia que discutir seria em vão. Caminhou atrás deles até a borda do campo de cabeça baixa. Mas bastou que eles passassem pela brecha entre as árvores para ele pensar ter escutado alguém rindo. Virou-se para olhar para trás, mas não viu ninguém por ali.

Capítulo 17
Um Sacerdote Útil

O médico chegou ao anoitecer e sentou na sala de estar com os pais de Tom. Tom sentou na escada, tentando ouvir o que eles diziam, afinal de contas, falavam a respeito dele. Por fim, depois do que pareceu uma eternidade, a porta abriu e a mãe de Tom chamou-o. O médico era um homem grande, bem-apessoado, mas que parecia ter dificuldades para manter o rosto sério.

– Venha cá, Tom – ele riu. – Sente-se. Agora, que história é essa que estou ouvindo?

Tom decidiu não dizer para o médico o que havia contado para os pais, e, em vez disso, deu de ombros. O médico o examinou, tirou a temperatura e escutou o peito. "Mesmo se eu estivesse louco, escutar o meu peito não ajudaria em nada" – pensou Tom. Cerca de meia hora depois, anunciou o diagnóstico de Tom para a família.

– É o estresse. Tentem não deixá-lo muito agitado – e com isso, ele foi embora.

Tom levantou os olhos para os pais que se mostravam muito preocupados. Talvez eles estivessem certos, talvez ele tivesse imaginado tudo aquilo. A mãe disse para ele não voltar ao poço novamente e Tom concordou.

O dia seguinte era domingo e a família foi à igreja. Tom sentou perto do púlpito e olhou em volta entediado. Era a primeira vez dele na igreja local desde que eles haviam mudado. Depois do sermão, a mãe foi conversar com o sacerdote e Tom viu que olhavam para ele com expressões preocupadas. A mãe voltou e perguntou se Tom não queria falar com o padre Stephen, que estava interessado na história dele. Tom olhou para o chão e trocou os pés.

Depois de todo mundo sair, Tom ficou sentado em um banco na parte de trás da igreja. O padre Stephen veio e sentou ao lado dele. Era um homem bastante corpulento, com uma voz macia. Começou a fazer perguntas a Tom a respeito do último lugar onde ele havia morado. Tom respondeu respeitosamente, mas sentia-se constrangido. Então, o padre Stephen disse algo muito estranho.

– Eu moro aqui há muito tempo Tom, e tenho visto muitas coisas estranhas.

Tom levantou os olhos para ele, inseguro do que ele estava tentando dizer. O padre Stephen continuou.

– Eu acho que tenho algo que talvez seja interessante para você. Venha comigo.

O velho padre levantou-se e indicou com a mão a direção que eles deveriam seguir. Tom o acompanhou até a pequena sacristia atrás da igreja. O sacerdote começou a tirar os paramentos e ofereceu uma cadeira para Tom.

– Eu tenho uma estranha história para lhe contar – o padre começou. – Quando eu era novo em Rosewell, as pessoas daqui estavam bastante ajustadas em seus modos. Esta é uma velha aldeia, com muitas histórias locais. Algumas pessoas diziam que eram contos da carochinha, mas outros diziam que eram histórias verdadeiras.

Tom estava interessado. Será que o padre conhecia a história do poço?

– Ah! – o padre sorriu cordialmente para ele. – Agora, tenho ouvido várias versões para a história do poço ao longo dos anos. Alguns dizem que a mulher que foi afogada era uma bruxa, e que ela mesma se atirou no poço para escapar dos perseguidores. Também já escutei que ela própria se jogou no poço por causa do coração partido, mas uma coisa é certa: a mulher que se afogou nesse poço existiu. Se essa mulher era uma bruxa ou não, jamais saberemos.

Tom olhou no rosto do padre e decidiu que podia confiar nele. Contou o que tinha visto. O velhote ficou em silêncio por um certo tempo, enquanto ponderava sobre a história que acabara de ouvir. Ele se levantou e caminhou através da sala rumo a uma estante que continha muitos livros, enormes e antigos.

– Quando vim para cá, Tom, esses livros estavam aqui há muito tempo. Alguns deles são diários que o sacerdote local daquela época escrevia. Eu acho que particularmente este pode ser interessante para você.

O padre colocou um livro enorme sobre uma mesa larga e acendeu uma lâmpada suspensa para iluminar as páginas amareladas embaixo. Tom e o padre Stephen se inclinaram sobre o livro. A escrita ali contida era muito antiga e rebuscada. Tom só conseguiu entender algumas palavras. Outras haviam desaparecido com o tempo. Atrapalhado, o padre Stephen procurou alguma coisa por toda parte dentro da jaqueta, até encontrar um par de óculos que pendurou na ponta do nariz.

– Está vendo isso, Tom? – ele apontou para um rabisco no final da página. – Esta assinatura aqui diz padre Pettigrew, e bem ao lado há uma data, você consegue ler?

Tom revirou os olhos e verificou que a data era do ano de 1887.

– Agora – cochichou o padre –, esta foi a última anotação do padre Pettigrew. Se nós voltarmos umas páginas, veremos que ele tem algo bastante interessante para nos contar.

O velhote e o garoto se debruçaram sobre o tomo e juntos conseguiram descobrir os detalhes do linchamento que teve lugar na floresta naquela terrível noite. O padre Pettigrew havia registrado as reuniões que os aldeões fizeram para planejar o ataque às bruxas. Ele havia anotado o nome de três mulheres: Arrogância, Malícia e Vingança. As três irmãs vinham de uma casa com história de magia e os aldeões facilmente chegaram à conclusão de que as mulheres eram responsáveis pelo desaparecimento de alguns adolescentes. O livro também contava onde as mulheres haviam morado: sob o celeiro que ficava defronte da casa de Tom. O padre olhou para o garoto e disse: – Eu acho que o velho celeiro merece receber uma visita.

Capítulo 18

O Mistério do Celeiro

O padre Stephen foi visitar a casa naquela tarde. Ele sentou-se por um tempo com os pais de Tom, tomando chá e comendo bolo. Tom ficou sentado na beirada da cadeira, desesperado para o padre sair para explorar com ele. Quando Tom se convenceu de que eles provavelmente não aguentariam nem comer e nem beber mais nada, os adultos prosseguiram com aquilo. Tom estava exasperado. Por fim, o padre se levantou.

– Ah! Nada como uma boa xícara de chá da senhora Walker...

A mãe exibiu seu melhor sorriso para visitantes, e acompanhou o padre até a porta. Tom pensou que o padre Stephen tinha esquecido o que fora fazer ali, quando então o padre virou para ele.

– Tom, você não quer caminhar comigo até o final da alameda?

Tom acenou com a cabeça confirmando, talvez um pouco ansioso demais, e a mãe olhou para ele de um jeito esquisito.

Eles caminharam até o pátio e atravessaram rumo ao celeiro. Na verdade, a família não usava o celeiro, a não ser para guardar alguns móveis velhos. Tom puxou a porta que corria o risco de desmoronar. O padre e o garoto entraram.

O celeiro tinha um cheiro estranho e vários ganchos e cordas suspensos nas vigas bem acima.

– Lembro da família que morou aqui antes – afirmou o padre Stephen enquanto olhava ao redor. – Eles costumavam guardar cavalos aqui. Veja, ali adiante você ainda pode ver como eram os estábulos onde os cavalos ficavam amarrados.

Tom observou as marcas nas paredes de madeira. O chão do celeiro era calçado com lajes de pedra cobertas por feno esparramado. O padre Stephen começou a empurrar um pouco de feno para os lados e Tom percebeu que algumas eram mais escuras que outras.

O padre parou e olhou para o chão.

– É exatamente como eu suspeitava – ele disse com toda seriedade. Tom olhou para ele, confuso.

– Ajude-me a limpar o chão.

Eles empurraram toda palha possível. Foi ficando claro que ali havia algo desenhado no chão. À primeira vista, parecia que alguma criança havia desenhado alguma coisa no chão, mas em seguida ficou mais claro. Eles estavam diante de um grande círculo. Dentro do círculo existiam vários símbolos de animais com cabeças humanas.

– O que é isso? – Tom perguntou ao padre.

– Isso – respondeu o padre Stephen –, é o que está ligando o espírito do poço com a gente. É um círculo antigo de um druida, que serve para chamar as pessoas de volta do mundo dos mortos.

Tom estava assustado e sentiu que a nuca começava a formigar.

– Eu acho que podemos usar isto para nos livrarmos de uma vez por todas desse espírito – disse o padre. O padre Stephen não explicou mais nada, mas entrou em seu carro e voltou para a igreja. Avisou Tom que telefonaria e recomendou para que ele ficasse longe do poço.

Naquela noite, Tom quase não conseguiu pegar no sono por dois motivos. Um era que o espírito poderia vir visitá-lo novamente, e o outro é que ele gostaria de saber o que o padre Stephen resolveu fazer. Ele se sentia um bocado melhor sabendo que o padre acreditava nele e queria ajudar. A noite passou sem incidentes e Tom acordou desapontado na manhã seguinte, tendo que ir para a escola.

Aquele foi um dia comprido. Ele não conseguia se concentrar nas aulas e sua mente estava em outras coisas o dia inteiro. Não disse nada para David, que tinha esquecido completamente a visita ao poço, o que deixou Tom satisfeito, pois não queria conversar com ele a respeito do assunto. Os três valentões estavam procurando evitar chamar atenção desde que o espírito do poço os havia visitado. Assim, Tom passou o dia sem trombar com eles. Quando o dia escolar finalmente terminou, Tom estava faminto e pronto para pegar o ônibus.

Quando saiu da escola, ficou surpreso de ver que o padre Stephen esperava por ele. O padre acenou para ele.

– Hoje à noite, Tom, vou me encontrar com você no celeiro, às 19h.

Tom tentou perguntar o que o padre tinha em mente, mas ele apenas repetiu *hoje à noite*. No percurso do ônibus de volta para casa, Tom teve tempo para imaginar que diabos estava para acontecer naquela noite.

Capítulo 19
O Feitiço Dá Errado

Depois de jantar, Tom ficou olhando fixamente para o celeiro da janela da sala de estar. Eram apenas 18h, e a hora seguinte demoraria uma eternidade para passar. Ele virou-se para observar o relógio sobre a lareira, pois achava que já deveriam ser 19h, mas apenas 15 minutos tinham passado.

– Vá para o seu quarto, Tom, que você está me deixando nervosa – a mãe ralhou com ele. Tom foi imediatamente, para que a mãe não tirasse nenhuma informação dele.

Por fim, Tom ouviu o som de um carro no acesso da entrada. Ele havia chegado. Correu para o andar de baixo e foi para a porta da frente, dando de cara com o padre Stephen que carregava uma grande mochila. O padre colocou o dedo sobre os lábios, e então apontou para o celeiro. Uma vez lá dentro, o padre puxou da mochila o grande livro que pertencera ao padre Pettigrew.

– Veja o que eu encontrei aqui – ele disse, e virou para a contracapa do livro.

Havia o desenho de um círculo exatamente igual ao que eles haviam encontrado no chão do celeiro. Do lado de fora, o círculo mostrava três itens: um balde, uma garrafa de água e um pedaço de corda grossa.

– O que significa tudo isso? – perguntou Tom.

O padre Stephen começou a ler o que estava escrito embaixo.

– Parece que o padre Pettigrew foi obrigado a invocar o espírito da água para tentar livrar a aldeia dela, e foi isso o que ele fez. Colocou o balde, com um pouco de água benta dentro, e um pedaço de corda grossa no meio deste círculo e recitou as palavras que estão escritas aqui.

Tom leu o curto feitiço que estava escrito ali. Parecia o tipo de coisa que a própria Arrogância diria.

Existiam quatro linhas curtas e depois a página estava rasgada.

– Onde está o resto disto? – Tom perguntou. O padre disse que não conseguiu descobrir. Eles, então, decidiram fazer o que o padre Pettigrew havia feito. Tom encontrou um balde velho. O padre Stephen pegou uma garrafa que continha água que ele afirmou ter colhido na pia de água benta da igreja, e a despejou no balde.

– Mas e a corda? – perguntou Tom. O padre vasculhou a mochila novamente e de lá retirou um pedaço de corda grossa.

– É um pedaço que eu cortei de um sino da torre. É por uma boa causa. Seus olhos brilharam em direção a Tom e ele colocou aquilo no círculo. Uma vez que o balde e a corda estavam em posição, ambos verificaram o feitiço com cuidado. O padre Stephen fez o sinal da cruz, e então começou a recitar em um tom de voz alto e nítido:

– Ó círculo da maldade, ouve o meu feitiço,
Recria o poço de água.
Mostra o rico refúgio,
Que esconde o segredo da bruxa da água.

Tom procurou ao redor no celeiro por algum sinal de que o feitiço teria funcionado. Absolutamente nada aconteceu. O padre repetiu o feitiço novamente. Mais uma vez nada aconteceu. Tom parou ao lado dele e olhou no diário de novo. Alguma coisa devia estar faltando, algo que eles não estavam fazendo. Ambos leram a página novamente.

– E se alguma coisa importante estava no pedaço de papel que falta? – Tom indagou. O padre encolheu os ombros. Em seguida, Tom notou algo no topo da página que quase havia desaparecido.

– Olha, ali, parece que é um sinal para chuva. – O padre Stephen virou os olhos para cima na luz obscurecida.

– Ah! – ele comemorou vitorioso. – Eu sei o que é isso. – Ele andou sobre o círculo e se dirigiu diretamente para o balde. Da garrafa que tinha trazido, ele retirou um pouco da água. – Agora, Tom, eu vou ter que borrifar a água benta no círculo, enquanto você recita o feitiço.

O padre começou a fazer exatamente isso. Tom dizia as palavras com cuidado e mantinha os olhos no padre Stephen ao mesmo tempo. Continuou repetindo as palavras até o padre completar a caminhada em torno do círculo. Quando ele chegou perto de Tom, houve um forte clarão de luz. Tom e o padre Stephen arregalaram os olhos para o centro do círculo. Tom viu o que ele tinha visto da primeira vez que encontrou Arrogância. A massa de cores entrelaçadas que parecia ondular como um lençol gigante. O padre ficou boquiaberto de espanto. Cores verdes, douradas, azuis e vermelhas se entrelaçavam juntas em um redemoinho. Quando pararam de girar, Tom ficou surpreso de ver que não era Arrogância que estava na frente dele, mas sim o poço. Parecia novo e intocado. O balde era novo, a corda branca como na primeira vez em que foi suspensa, a manivela era brilhante e sem ferrugem. Tom começou a caminhar em direção ao poço.

– Não, Tom! – disse o padre. – Fique ao meu lado. – Tom virou-se para olhar no rosto do padre Stephen e decidiu ficar. Houve outro clarão de luz e o redemoinho começou novamente. Dessa vez, Tom sabia que Arrogância estava vindo. Ele podia ouvi-la rosnar com raiva já que foi obrigada a aparecer a pedido de outra pessoa.

Um tornado girou violentamente ao redor até que uma enorme figura encapotada apareceu. O espírito flutuava na frente deles com a capa protegendo o rosto.

– O que é que vocês querem? – ela sussurrou.

Nem Tom nem o padre responderam.

– Bem? – ela berrou e espiou pelas dobras da capa. Ao ver o padre ela gritou. – Arre, odeio homens santos! – E enterrou o rosto um pouco mais na capa. O padre Stephen levantou sua cruz e apontou para ela.

– Volte ao lugar que pertence!

Arrogância girou um círculo completo e deu a entender que sairia calma e tranquila. Em seguida ela começou a rir: – Já encontrei seu tipo antes. Sinceramente, você acha que essa ordem boboca vai funcionar comigo?

O padre Stephen repetiu as palavras. Arrogância girou alto no ar, e então mergulhou de cabeça no poço e desapareceu. Tom e o padre arregalaram os olhos um para o outro. Será que aquilo funcionava mesmo? O silêncio era total.

De repente, o som de água corrente voltou e o poço começou a rugir e espumar.

Arrogância estourou para fora do poço como uma bola de canhão que tivesse sido disparada do barril. Ela estava rindo e seus olhos estavam faiscando.

– Agora vocês vão ver o que é arrumar confusão – ela gargalhou para eles e, lá alto no ar onde ela permanecia, abriu a boca e cuspiu um longo projétil de fluido neles.

Ambos se esquivaram, mas a força do projétil atingiu a parede do celeiro fazendo o prédio sacudir. O espírito começou a arremeter e mergulhar como um avião bombardeiro conforme mirava jatos de água neles. O padre estendeu a mão e agarrou Tom, e assim ambos correram para a porta.

– Vão a algum lugar? – cuspiu o espírito quando disparou outro torpedo de esgoto em cima deles.

– Corra, Tom, corra! – disse o padre Stephen, e ambos se dirigiram para o pátio e correram em busca de abrigo.

O padre Stephen começou a vasculhar a jaqueta atrás das chaves do carro. Arrogância cuspiu nele, só errando a cabeça, e espalhando água por todo o para-brisa. O padre conseguiu abrir a porta e entrar um segundo antes de outro projétil ser lançado contra ele e bater na porta do motorista. Ele acendeu os faróis para tentar ver Tom. Só conseguiu reparar na ponta da camisa quando o garoto se escondeu atrás de uma velha gamela de cavalo. Ligou o motor do carro e partiu em direção a ele. O espírito girava loucamente em cima do carro e gritava o mais alto que sua voz podia. O padre Stephen conseguiu manobrar o carro na frente de Tom e abrir a porta para ele entrar. Tom saltou e o padre pisou fundo no acelerador, saindo em disparada em direção à aldeia.

Arrogância começou a arremessar água na estrada. Uma vez em contato com o concreto, a água virou uma lâmina de gelo na frente do carro, fazendo-o derrapar para ambos os lados.

– Acho que fizemos o feitiço errado – Tom berrou para o padre. O padre não disse nada, pois tentava manter o carro firme no percurso. Os jatos d'água que erraram a estrada foram parar no carro, e lâminas de gelo cobriram o vidro. O padre Stephen ligou o limpador de para-brisas, e tentou manter a grade limpa com o aquecedor.

Tom podia ver Arrogância flutuando acima deles pelo teto solar do carro. Ela cuspia e se retorcia enquanto perseguia o carro em direção à igreja.

– Aqui estaremos seguros – afirmou o padre acenando com a cabeça quando parou na parte de trás do prédio. Eles pularam fora do carro e correram para a sacristia atrás da igreja. Foram para um pequeno estúdio, e bateram a porta quando entraram. O padre Stephen trancou a porta dizendo: – Só por precaução... Ambos sentaram-se e pensaram a respeito do que havia acontecido.

– Deve existir algo mais que possamos fazer – disse Tom. O padre Stephen começou a andar de um lado para o outro na sala, esfregando o queixo enquanto pensava.

– A única coisa que eu posso pensar é que nós devemos ter errado alguma coisa no feitiço.

Ele caminhou até a estante de livros e começou a colocar os livros no chão. Estava murmurando para si mesmo quando abriu o mais estranho deles e rapidamente o folheou.

– Não, não é este aqui – murmurou e foi pegar mais um. Tom perguntou se podia ajudar. O que eles estavam procurando?

– Alguma coisa, qualquer coisa, tudo o que possa ajudar.

Eles se debruçaram sobre os diários procurando freneticamente por qualquer informação. Em seguida, bem na hora que Tom estava devolvendo um dos livros de volta para o padre, algumas folhas do diário caíram no chão. Tom recolheu-as e leu o que havia nelas.

– Padre, é o resto do feitiço! – berrou. O padre voou de encontro a ele, e leu os pedaços do diário.

– Rá! Temos que voltar para o celeiro... – ele se levantou e ajudou Tom a se erguer. – Vamos rapaz, temos trabalho a fazer.

Capítulo 20
A Revelação Final

Eles se esgueiraram em volta da parte externa da igreja, olhando acima da cabeça o tempo todo para ter certeza que não estavam sendo seguidos. Quando chegaram ao carro, Tom estendeu a mão para abrir a porta. Quando puxou a maçaneta, uma força do outro lado empurrou a porta em direção a ele. Ele caiu de costas sobre o padre quando transbordou água para fora da carro. Arrogância havia inundado o veículo.

Eles entraram e afundaram nos assentos. Os bancos estavam totalmente alagados. O cheiro no carro lembrou a Tom da primeira vez que Arrogância o havia envolvido na capa dela. O mesmo cheiro úmido e mofado, quase o mesmo cheiro do canal do lugar. Ele apertou o rosto com as mãos, pois não queria sentir aquele cheiro.

Vagarosamente, eles saíram da entrada de acesso da igreja. Quando alcançaram os grandes pilares que abriam para a estrada, surgiu de repente um clarão de luz, que quase cegou a ambos. Era o espírito. Ela flutuava na frente deles barrando a passagem. Os olhos dela faiscavam um verde brilhante, as roupas mudavam do roxo para o azul-claro. Água e ervas daninhas borbulhavam e espumavam de sua boca enquanto ela gorgolejou com prazer. Ela os havia capturado. De repente, Tom lembrou do tempo que ele havia tentado agarrá-la.

– Dirija, padre Stephen, apenas dirija. Podemos ir direto para ela. – O padre pisou fundo no pedal até o chão e as rodas giraram enquanto o carro ganhava velocidade e passava pelas arcadas. O espírito balançou no nevoeiro que se levantou, e ela se enroscou na própria capa.

– Continue! – berrou Tom. E o padre seguiu em frente, detonando o véu.

Eles saíram do acesso da entrada da igreja e as rodas guincharam quando o carro voltou para a rua mais larga. O padre Stephen começou a dirigir o mais rápido que podia em direção à fazenda. Arrogância correu atrás deles, atirando jatos de água pelo caminho. As lâminas de gelo se espalhavam pela estrada forçando o carro a patinar em círculos. O padre esforçava-se no volante para conseguir recuperar o controle do carro mais uma vez.

De novo, eles foram para a fazenda. Houve um baque no teto do carro e a forma de duas pegadas afundaram, batendo no lado da cabeça de Tom.

O carro derrapava na estrada, os freios guinchavam conforme o padre Stephen tentava controlar o veículo. Havia uma grande lâmina de gelo à frente deles e o carro virou para o lado, escorregando para fora da estrada e colidindo com uma árvore.

Por um segundo, Tom ficou surpreso. Onde estava? O que tinha acontecido? Lembrou de repente e olhou para o padre Stephen. Inclinou-se sobre ele para ver se estava tudo bem. O velhote abriu os olhos.

– Está tudo certo, Tom, estou bem, mas acho que quebrei a perna. – Tom olhou para baixo e viu a frente do carro esmagando a perna do padre.

– Pegue isto – disse o padre e puxou as palavras do feitiço. – Vá até o celeiro, e siga as instruções – Vai! VAI!

Tom apanhou os pedaços do diário e enfiou-os no bolso da jaqueta. A batida havia amassado a porta do carro e ele precisou chutá-la para abrir.

Faltava ainda um quilômetro para ele chegar em casa. Ele teria que evitar Arrogância. Começou a correr pela estrada escura. Não existiam luzes na rua, pois eles estavam fora da cidade. Tom continuou virando ao redor e olhando para cima para ver se Arrogância estava ali. Nenhum sinal dela. Ele alcançou um grupo de árvores e parou para recuperar o fôlego. Encostou-se em uma árvore, apoiado na mão, pois estava ofegante. Sentiu uma gota de suor escorrendo pela testa, e enxugou-a. Quando passou a mão perto do nariz, sentiu uma baforada do odor úmido que acompanhava Arrogância. Lentamente olhou para cima e lá estava ela, sorrindo. O suor não tinha sido dele, mas era dela. O espírito se colocou no meio da estrada. Ela inchou as bochechas e atirou. Um grande jato de água foi arremessado em direção a Tom, atingindo seus pés. Ele derrapou na estrada, rasgando a calça jeans.

Ele podia ouvir Arrogância cacarejar atrás dele. Levantou-se, com o joelho arranhado, e então continuou a correr. O espírito dançou ao redor dele soprando para lá e para cá como se ele fosse uma pena. Ele prosseguiu caindo e depois se levantando. Percebeu que estava perto da casa da fazenda e começou a correr em zigue-zague de modo que ficou difícil para ela atingi-lo. Ele chegou ao celeiro, correu para dentro, e fechou a porta.

O círculo mágico permanecia nítido como antes de eles terem invocado Arrogância. No centro estava o balde com a água benta e a corda. Tom pegou a garrafa vazia e encheu-a no balde, e então espirrou a água benta sobre o círculo. Pegou o diário do padre Pettigrew, juntou os pedaços que faltavam do diário e começou a recitar o feitiço:

– Ó círculo da maldade, ouve o meu feitiço,
Recria o poço de água.
Mostra o rico refúgio,
Que esconde o segredo da bruxa da água.
Arrogância, tão maldosa, precisa descansar,
No mundo real é uma peste sem amores
Os poderes da água dela venha retirar
Faça com que ela descanse entre as flores.

Houve um forte estrondo e uma névoa começou a dançar ao redor, na frente dos olhos de Tom. Aquilo parecia uma massa de luzes e o poço apareceu. Tom permaneceu calmo, prendeu a respiração, e repetiu o feitiço. O redemoinho começou. Tom continuou percebendo aparições de Arrogância no meio do tornado.

– Não! NÃO! Eu não estou acabada! – ela gritou, e a voz se tornou cada vez mais fraca conforme ela parecia desaparecer no fundo de um longo túnel. Houve um grande barulho de sucção, quase como se um enorme vácuo tivesse sido ligado e a visão por inteiro desapareceu diante dos olhos de Tom. Houve silêncio total.

Tom lembrou do padre Stephen e correu para casa. Seus pais estavam sentados na sala de estar na frente da televisão. Eles nem olharam em volta quando ele entrou. Eles não tinham visto e nem ouvido nada. Ele foi para o saguão, chamou uma ambulância, e contou onde o acidente tinha ocorrido. Tom foi para a cozinha e encontrou a lanterna. Saiu correndo pela porta de trás em direção à floresta. A lanterna iluminou pedaços de madeira quando ele corria pelo caminho. Quando chegou na entrada do bosque, os arbustos estavam crescidos novamente. Ele puxou para trás a sebe cheia de espinhos e subiu para a campina.

Caminhou lentamente até o poço. Seu coração batia forte. Quando lá chegou, ficou parado e arregalou os olhos. Na frente dele havia um velho poço coberto com tábuas. Tinha ripas de madeira aparafusadas através do grande buraco de água. Tinha uma velha manivela enferrujada que não era usada há anos. O pedaço de corda puída, suspenso no meio do suporte, mostrava claramente que um dia, tempos atrás, segurou um balde. No chão havia um balde velho e enferrujado com um grande buraco. Tom se inclinou contra o velho poço e sorriu.